10|18
12, avenue d'Italie — Paris XIIIe

Sur l'auteur

Né à Dublin en 1965, Colum McCann est l'auteur de trois romans, *Le Chant du coyote*, *Les Saisons de la nuit* et *Danseur* (paru aux éditions Belfond en 2003), et de deux recueils de nouvelles, *La Rivière de l'exil* et *Ailleurs, en ce pays*. Il vit à New York.

AILLEURS, EN CE PAYS

PAR

COLUM McCANN

Traduit de l'anglais
par Michelle HERPE-VOSLINSKY

10|18

« Domaine étranger »
dirigé par Jean-Claude Zylberstein

BELFOND

Du même auteur
aux Éditions 10/18

LE CHANT DU COYOTE, n° 2799
LES SAISONS DE LA NUIT, n° 3145
LA RIVIÈRE DE L'EXIL, n° 3319
▶ AILLEURS, EN CE PAYS, n° 3556

Titre original :
Everything in this country must

ISBN 2-264-03556-0

Pour Isabella et John Michael

« Les chevaux enterrés depuis des années
Sous les fondations
Donnent à leurs sols de terre battue
La souplesse de trampolines »

Paul MULDOON
Dancers at the Moy

AILLEURS, EN CE PAYS

Une crue d'été est venue et notre jument de trait a été prise dans la rivière. La rivière se brisait contre les pierres, et pour moi le bruit était pareil à celui de serrures qu'on tourne. C'était l'époque de l'ensilage, et l'eau sentait l'herbe. La jument de trait, la préférée de Père, était sans doute entrée dans l'eau pour boire et elle était prise, elle ne pouvait pas bouger, sa patte de devant immobilisée entre des rochers. Père l'a trouvée et je l'ai entendu crier dans le gémissement de la pluie *Katie !* J'étais dans la grange, j'attendais que des gouttes d'eau tombent sur ma langue par le trou du toit. J'ai couru dans le champ, laissant la ferme derrière moi. À la rivière la jument avait le regard fou sous la pluie, elle me reconnaissait peut-être. Père bougeait lentement, craintivement, comme quelqu'un qui voyage dans la neige profonde, sauf qu'il n'y avait pas de neige, seulement la crue, et Père avait peur de l'eau, il en a toujours eu peur. Père m'a dit *Sur le rocher là-bas, ma fille*. Il m'a donné la longueur de corde avec la boucle de harnais et j'ai su quoi faire. Depuis mon dernier anniversaire, quinze ans, je suis plus grande que Père. Je me suis déployée comme pour l'amour, j'ai posé un pied sur le rocher au milieu de la rivière, une main sur la branche d'arbre, et j'ai sauté par-dessus le flot.

Derrière moi, Père a dit *Fais attention, hein ?* L'eau coulait chaude et rapide, je tenais la branche mais je pouvais encore me pencher du rocher et passer la corde au licou de la jolie jument de trait.

Les arbres s'inclinaient dans un murmure sur la rivière, ils suspendaient leurs longues ombres au-dessus de l'eau, et quand la jument a vivement tressailli j'ai senti qu'il y aurait une mort mais j'ai tiré sur la corde pour lui maintenir le cou tout juste au-dessus de l'eau.

Papa criait *Tiens la corde, ma fille !* et je voyais ses dents serrées, ses yeux égarés et toutes les grosses veines de son cou, comme lorsqu'il parcourt les chemins creux de notre ferme, avec ses vaches, ses haies, ses clôtures. Père a toujours peur parce qu'il a perdu maman et Fiachra, et maintenant son cheval, le préféré, une grosse jument belge qui labourait la terre dans les champs il y a longtemps.

La rivière se séparait au rocher, projetant des gouttelettes qui montaient sous ma robe à l'assaut de mes jambes. Mais je tenais bon la corde, je la tenais comme Père tient parfois sa dernière Sweet Afton à l'heure du repas avant les prières. Père criait *Ne lâche pas, ma fille, c'est bien !* Il regardait l'eau comme si maman était là, comme si Fiachra était là, et il a aspiré de l'air avant de s'enfoncer sous l'eau pour libérer le sabot du cheval de trait, et il y est resté si longtemps que j'ai hurlé au ciel de solitude. Il tenait fermement une racine mais tout le reste de son corps avait disparu sous l'eau brune et rapide.

La nuit avait commencé à se piquer d'étoiles. Elles étaient là-haut, entre les branches. La rivière les éclaboussait.

Père est remonté en crachotant pour respirer, les yeux pareils à ceux d'un cheval fou, sa casquette perdue dans le courant. La corde sautait entre mes mains, elle brûlait comme des ronds de fourneau, et il criait *Tiens-la, tiens-la ! pour l'amour de Dieu, tiens-la s'il te plaît !*

Père a replongé mais il est vite remonté, il n'avait plus assez d'air dans les poumons pour rester sous l'eau. Debout dans la rivière, il tenait la racine, l'eau lui battait les épaules et il était triste de voir le cheval de trait se noyer, alors j'ai tiré fort sur la corde du licou, et la jument a poussé un grand cri et relevé la tête.

Essaie encore a dit Père d'une voix triste comme sa voix devant les cercueils de maman et de Fiachra il y a longtemps.

Père a plongé de nouveau, il est resté sous l'eau une éternité, et à ce moment des phares ont balayé la route de la ville. Les lumières peignaient la pluie très haut comme un tableau et mettaient des ombres sur les haies et les fossés. Père a sorti la tête de l'eau, il respirait lourdement, et il n'a pas vu les phares. Son torse était large, palpitant. Il a regardé le cheval de trait et ensuite il m'a regardée. J'ai montré la route, il s'est retourné dans le courant. Il a souri, pensant peut-être que c'était Mack Devlin avec son camion de lait ou Molly rentrant chez elle de la boutique de bonbons ou quelqu'un venu aider à sauver son cheval préféré. Il est sorti de la rivière en tirant fort sur la racine. Debout sur la berge, il a levé les bras comme pour faire signe, en criant *Hé ! par ici, par ici !*

La chemise de Père était mouillée sous sa salopette, elle était très blanche quand les phares l'ont touchée. Les lumières se sont rapprochées et dans leur éclat nous avons entendu des cris, et les voix sont devenues claires. Elles sortaient de gorges étrangères.

J'ai regardé Père et il m'a rendu mon regard, l'air très bizarre tout d'un coup, comme s'il était perdu, comme s'il avait reçu un coup de poing, comme s'il était la casquette flottant sur la rivière, comme s'il était un gros arbre tout seul et voulant désespérément retrouver la forêt. Ils ont crié *Hé ! l'ami, qu'est-ce qui se passe ?* avec leur drôle d'accent et Père a dit *Rien* et sa tête est tombée très bas sur sa poitrine. Il m'a regardée à travers la rivière et je crois que ce qu'il disait, c'était *Lâche la corde, ma fille*, mais je ne l'ai pas fait. J'ai tenu bon en continuant à maintenir la tête de la jument au-dessus de l'eau, et tout ce temps Père disait mais sans le dire *Lâche-la, s'il te plaît Katie, lâche-la, laisse-la se noyer.*

Ils sont arrivés très vite en traversant la haie sans se soucier de leurs uniformes et j'ai entendu les épines fouetter leurs blousons. L'un d'eux a retiré son casque pendant qu'il courait et ses cheveux avaient la couleur de la glace en hiver. Un autre avait une moustache qui ressemblait à de longues herbes et le troisième une cicatrice sur la joue comme le couteau à foin de Père.

Couteau à Foin a été le premier au bord de la rivière et son fusil a battu contre sa hanche quand il a sauté sur le rocher où je tenais le licol. *Bon, ma jolie, tout va bien maintenant*, m'a-t-il dit, sa main mouillée de pluie sur mon dos. Il a pris la corde et crié des ordres aux autres soldats, que faire, où se placer. Il tenait toujours le licol et il m'a passée à Longues Herbes, qui m'a pris la main et m'a amenée sur la berge, en lieu sûr. Ils étaient six à présent, avec fusils et casques. Père ne bougeait pas. Ses yeux regardaient fixement la rivière, ils voyaient peut-être maman et Fiachra le fixer eux aussi.

Un soldat lui parlait vite et fort, mais Père était comme un mannequin dans une vitrine de Derry, et le soldat a levé les bras au ciel, il s'est détourné et il a craché un gros crachat dans le vent.

Couteau à Foin était fermement planté sur le rocher avec le licol, il ne tenait même pas la branche au-dessus de sa tête. Cheveux de Glace retirait ses bottes, se débarrassait de son fusil et de sa chemise, et il ne ressemblait pas aux garçons de la ville qui viennent à la grange pour l'amour, il ne ressemblait pas à Père quand il coupe le foin sans sa chemise, non, il ne ressemblait à personne ; il était très maigre et fort, avec les côtes comme celles d'un cheval parfois après une longue journée au champ. Il n'a pas plongé ainsi que je l'aurais voulu, je le crois maintenant, il est juste entré dans l'eau très lentement, sans forfanterie, et il a commencé à traverser, les bras haut levés, en s'enfonçant. Mais la rivière est devenue trop profonde et Couteau à Foin criait du rocher *Perds pas pied, Stevie ! perds pas pied, mon vieux.*

Et Stevie a fait signe à Couteau à Foin que ça allait, puis il a disparu sous l'eau et la dernière chose qu'on a vu a été le battement de ses pieds.

Longues Herbes était debout à côté de moi, il a mis le blouson de Stevie sur mes épaules pour me réchauffer, mais Père s'est avancé et il a repoussé Longues Herbes. Il l'a poussé fort. Il était plus petit que Longues Herbes mais Longues Herbes est allé cogner contre le tronc de l'arbre. Longues Herbes a pris une grande inspiration et il l'a regardé durement. Père a dit *Laissez-la tranquille, vous voyez pas que c'est qu'une enfant ?* J'ai caché mon visage de honte, comme à l'école, quand on m'a mise à un pupitre spécial plus grand que les autres, pas ceux en bois avec le couvercle qui se soulève, sauf que je ne vais plus à l'école depuis ce qui est arrivé à maman et à Fiachra. J'avais honte comme ce jour-là à l'école, et j'ai caché mon visage et coulé un regard entre mes doigts.

Père lorgnait durement Longues Herbes. Longues Herbes l'a fixé un bon moment aussi puis il a secoué la tête et il a marché vers la berge, où Stevie était toujours sous l'eau.

Les mains de Père étaient posées sur mes épaules pour me tenir chaud et il m'a dit *Ça va aller maintenant, chérie*, mais je ne pensais qu'à Stevie, qui restait si longtemps sous l'eau. Couteau à Foin criait à tue-tête en regardant dans l'eau, et en levant les yeux j'ai vu le gros camion de l'armée passer à travers la haie, et la haie était brisée, ouverte avec un grand trou et Père a hurlé *Non !*

Tous les phares du camion étaient allumés, ils éclairaient la rivière. Papa a encore hurlé *Non !* mais il s'est tu quand l'un des soldats lui a dit *C'est votre cheval ou votre foutue haie, l'ami.*

Père s'est assis sur la berge, il a dit *Assieds-toi Katie*, et j'ai entendu dans la voix de Père plus de tristesse que le jour où il était devant les cercueils de maman et de Fiachra, plus de tristesse que le jour où ils avaient été renversés par le camion de l'armée près de la gorge, plus de tristesse que le jour où le juge a dit *Personne n'est coupable, ce n'est qu'une tragédie*, plus de tristesse que ce jour-là et tous les autres qui ont suivi.

Salauds a dit Père dans un murmure, *salauds*, et le bras passé autour de moi il est resté là à observer jusqu'à ce que Stevie remonte, nageant contre le courant pour ne pas être entraîné. Il a crié à Couteau à Foin *Sa jambe est coincée*, puis *Je vais essayer de dégager le sabot.* Stevie a pris quatre grandes goulées d'air, Couteau à Foin tirait sur la corde du licol et la jument criait comme je n'ai jamais entendu un cheval crier, ni avant ni depuis. Père était silencieux et j'aurais voulu être de retour dans la grange, seule, à attendre que les gouttes coulent sur ma langue. Je portais le blouson de Stevie mais je frissonnais, j'étais mouillée, j'avais froid et peur parce que Stevie et le cheval de trait allaient mourir. Tout doit mourir en ce pays.

Père aime son thé sans sachets comme maman le faisait et j'ai donc une façon spéciale de le préparer : je dois mettre de l'eau froide et seulement froide dans la bouilloire, puis la faire bouillir, puis verser un peu d'eau bouillante dans la théière et la faire tourner pour réchauffer le fond. Puis y mettre des feuilles de thé, pas des sachets, et ensuite l'eau bouillante, remuer très lentement et placer le couvre-théière et laisser infuser sur le fourneau cinq minutes en m'assurant que la flamme n'est pas trop haute pour que le couvre-théière ne prenne pas feu. Puis verser le lait dans les tasses, puis le thé, suivi enfin par le sucre, et mélanger soigneusement avec la cuillère.

Mon cérémonial du thé a fait sourire les soldats, même Stevie, dont la tête était pleine de sang, une blessure au-dessus de l'œil où le cheval de trait lui avait donné un coup de pied. La figure de Père est devenue blanche quand Stevie a souri mais Stevie était très poli. Il m'a pris une serviette parce qu'il ne voulait pas mettre de sang sur la chaise, a-t-il dit. Il m'a souri deux fois quand j'ai passé la tête à la porte de la cuisine et il a levé un doigt qui signifiait *Un sucre, s'il te plaît*, et ses doigts ont formé un grand O pour dire *Pas de lait s'il te plaît.* Du sang séchait dans ses cheveux et ses yeux étaient lumineux comme le ciel devrait l'être, et j'ai senti mon ventre plonger comme l'amour dans la grange, et il m'a souri, numéro trois.

Tout le monde se sentait bien d'avoir sauvé une vie, même une vie de cheval, mais Père était silencieux dans son coin. Il était fâché que j'aie invité les soldats pour le thé, son menton pendait sur sa poitrine et il y avait une flaque à ses pieds. Tout le monde se séchait avec des serviettes sauf Père, parce qu'il n'y avait pas assez de serviettes.

Longues Herbes, assis dans le fauteuil, a dit *Une bonne chose que vous ayez eu des lampes chauffantes, chef.*

Père a seulement hoché la tête.

C'était comment sous l'eau, Stevie ? a demandé Longues Herbes.

Mouillé a répondu Stevie et tout le monde a ri, mais pas Père. Il a regardé Stevie et détourné les yeux.

Le salon était plus gai à présent. J'aimais le vert des uniformes et même le rouge du sang de Stevie. Mais il devait avoir très mal après le coup de sabot. Les autres soldats disaient que le camion de l'armée devrait peut-être emmener Stevie directement à l'hôpital, qu'il ne se sèche pas, qu'on lui fasse des points, et qu'il ne prenne pas le thé, qu'il revienne plus tard seulement pour voir si la jument survivait sous les lampes chauffantes. Mais Stevie a dit *Je vais bien, les amis, c'est qu'une égratignure, je donnerais cher pour une tasse de thé.*

Le thé avait bon goût d'avoir infusé longtemps et on avait des biscuits pour les invités d'honneur, je suis allée les chercher dans la réserve. J'en ai mordu un pour être sûre qu'ils étaient frais et j'ai apporté le plateau.

J'éternuais mais je faisais très attention d'éternuer loin du plateau pour avoir de la politesse, comme Stevie. Stevie a dit *À tes souhaits* de sa drôle de façon, et on s'est tous tus en buvant le thé à petites gorgées mais j'ai encore éternué trois ou quatre fois, et Couteau à Foin m'a dit *Tu devrais te changer, tes habits sont mouillés, ma jolie.*

Père a reposé sa tasse très fort sur la soucoupe, le silence s'est fait.

Tout le monde, même les soldats, regardait le plancher ; la pendule de la cheminée faisait tic tac et la photo de maman nous considérait du mur et aussi Fiachra quand il jouait au football et les soldats ne les voyaient pas, Père si. Le long silence a duré longtemps, et puis Père m'a appelée, *Viens ici Katie*, il m'a placée près de la fenêtre et il a pris le long rideau dans ses mains. Il m'a fait tourner, il m'a enveloppée dans le rideau et il s'est mis à me frotter les cheveux, pas tendrement mais fort. Père est bon, il voulait seulement me sécher les cheveux parce que je frissonnais, même dans le blouson de Stevie. Sous mon rideau, je voyais les soldats et avant tout Stevie. Il buvait lentement son thé et il m'a souri et Père a toussé vraiment fort, la pendule a encore tictaqué un moment, puis Couteau à Foin a dit *Hé, chef, pourquoi vous prenez pas ma serviette pour elle ?*

Père a dit *Non merci.*

Couteau à Foin a fait *Allez, chef*, et il a roulé la serviette en boule comme s'il allait la lancer.

Père a dit *Non !*

Stevie a dit *Doucement.*

Doucement ? a fait Couteau à Foin.

Vous devriez peut-être tous partir a dit Père.

Couteau à Foin a changé de figure et il a jeté la serviette par terre aux pieds de Père, il a gonflé les joues et respiré fort en disant *C'est pas la reconnaissance qui vous étouffe, monsieur.*

Couteau à Foin était debout à présent, le doigt tendu vers Père, la lumière brillait sur ses bottes cirées et sa figure se contractait, si bien que la cicatrice paraissait lui trancher le visage. Longues Herbes et Stevie s'étaient levés de leurs chaises et ils retenaient Couteau à Foin, mais Couteau à Foin disait *On risque nos vies, putain ! on sauve votre putain de cheval, et c'est tous les remerciements qu'on récolte, hein ?*

Père me tenait très serrée dans le rideau et il avait l'air d'avoir peur, il était petit et tremblant. Couteau à Foin criait beaucoup, la figure rouge et déformée. Stevie le retenait. La figure de Stevie était longue et triste et je savais qu'il savait parce qu'il n'arrêtait pas de regarder maman et Fiachra sur la cheminée à côté de la pendule. Stevie a entraîné Couteau à Foin hors du salon, il l'a lâché à la porte de la cuisine. Couteau à Foin s'est retourné une dernière fois par-dessus l'épaule de Stevie, il a regardé Père, la figure toute plissée, mais Stevie l'a encore empoigné en disant *Laisse tomber, mon vieux.*

Stevie a fait sortir Couteau à Foin par la cuisine, et dans la cour ils se sont dirigés vers le camion de l'armée, et la pluie tombait toujours dehors, puis le salon est devenu silencieux, à part la pendule.

J'ai entendu le moteur du camion démarrer.

Père s'est écarté de moi, il a posé sa tête sur la cheminée près des photos. Je suis restée à la fenêtre toujours avec le blouson de Stevie qu'il avait oublié et n'est pas encore revenu chercher.

J'ai vu le camion descendre l'allée, les lumières rouges sur la grille verte quand il s'est arrêté et qu'il a tourné sur la route, près de l'endroit où le cheval de trait avait été sorti de la rivière. Je n'ai plus rien entendu alors, sauf les bruits que Père commençait à faire avec sa gorge et je ne me suis pas détournée de la fenêtre parce que je savais que Père serait fâché si je le voyais. Père reniflait, reniflait, il avait peut-être oublié que j'étais là. Ça descendait au plus profond et ça ressortait en gros sanglots comme je n'en ai jamais entendu. Je n'ai pas bougé mais Père tremblait très fort. Il a sorti un mouchoir et il s'est écarté de la cheminée. Je ne l'ai pas regardé, parce que je savais qu'il aurait honte de pleurer.

Le camion de l'armée avait presque disparu, lumières rouges sur les haies.

J'ai entendu la porte du salon se fermer, la porte de la cuisine, celle de la réserve où Père garde son fusil de chasse, puis la porte d'entrée et j'ai entendu le bruit du cran de sûreté. Père pleurait toujours en s'éloignant et finalement on ne l'a plus entendu. Il devait être dans la cour debout sous la pluie.

La pendule sur la cheminée était très sonore, la pluie aussi, ma respiration aussi, et j'ai regardé par la fenêtre.

La route était presque vide et les soldats tournaient le coin quand j'ai entendu les bruits ; ce n'était pas comme des balles, plutôt comme des bouchons qui sautent un deux trois.

La pendule tictaquait toujours.

Tic tac tic tac tic tac.

Le rideau était humide autour de moi mais je l'ai serré davantage. J'avais peur, je ne pouvais pas bouger. J'ai attendu un temps fou.

Quand Père est rentré j'ai su ce que c'était. Sa figure avait l'air taillée dans une pierre, il ne pleurait plus, il ne me regardait même pas, il est simplement allé s'asseoir. Il a pris sa tasse et elle a cliqueté sur la soucoupe, alors il l'a reposée, il a mis sa figure dans ses mains et il est resté comme ça. Le tic-tac était sorti de mon esprit et tout était silencieux partout dans le monde et je retenais le rideau comme je retenais le bruit des balles quand elles avaient pénétré dans la jument de trait, sa préférée, dans la grange, un deux trois, et j'étais à la fenêtre dans le blouson de Stevie, je regardais, j'attendais et la pluie tombait toujours dehors un deux trois et je pensais oh ! que le ciel est petit pour tant de pluie.

LE BOIS

La nuit venait tout juste de tomber quand nous avons amené les troncs à l'atelier. La tempête était passée mais il y avait encore de la neige sur les haies, qui leur faisait comme un sourcil blanc.

Maman conduisait le tracteur rouge. Il descendait le chemin presque au pas. Les phares étaient éteints et elle appuyait à peine sur l'accélérateur pour que personne n'entende. Elle était emmitouflée dans deux manteaux et j'avais mon duffle-coat marron fermé jusqu'au cou, mais le vent était froid quand même. Les troncs raclaient le sol derrière le tracteur, à les entendre on aurait cru qu'ils étaient nerveux eux aussi. Ils étaient entourés de chaînes pour les empêcher de glisser, mais les chaînes ferraillaient et je retenais mon souffle.

La lumière était allumée dans la chambre de papa. Elle saupoudrait de jaune la neige derrière la maison.

Maman m'a fait chut.

Elle a appuyé sur l'accélérateur et le tracteur a roulé un peu plus vite sur la colline. Elle ne voulait pas que le moteur cale. Papa pourrait entendre et il voudrait savoir. Le moteur commençait à tousser.

Maman s'est retournée sur le siège, elle a écarté son foulard pour voir si tous les troncs suivaient. Je marchais derrière eux et je lui ai fait signe, elle a souri et repris le volant.

Mes bottes mettaient des empreintes dans les traces laissées par le bois. C'était du 43, elles avaient autrefois appartenu à papa et elles étaient encore beaucoup trop grandes pour moi, je sentais le papier journal bouger autour de mes orteils.

La neige avait gelé et craquait sous mes pieds.

Le tracteur est arrivé au sommet de la colline et, quand les troncs ont suivi, maman a relâché l'accélérateur.

Tous les nuages avaient disparu, la tranche de lune ressemblait à une pièce qu'on aurait jetée dans le ciel. J'avais envie de m'asseoir au bout des troncs et de me laisser traîner par le tracteur. On avait un petit chariot en bois, avant que papa ne tombe malade, et il nous tirait dans les champs au bout d'une corde. On riait et on criait fort, mes frères et moi. Parfois pour aller à l'église il nous traînait tout le long de la route boueuse. Une fois il a tiré trop fort et le chariot est rentré dans un arbre. J'ai eu une grosse entaille à la tête, elle saignait sur mon menton, mais je ne suis pas allé à l'hôpital. Papa m'a dit de ne pas pleurer, j'étais un grand garçon, et il m'a porté à la maison. Il avait les épaules larges alors, il n'était pas voûté comme un vieux corbeau.

L'homme à la grosse voiture était venu à notre porte trois jours plus tôt. Il avait les cheveux gris, un costume gris et un badge de l'Union Jack au revers de sa veste. Son visage était très étroit, comme si quelqu'un l'avait pincé avec des tenailles. Je le connaissais de l'église, mais je ne me rappelais pas son nom. Il a dit qu'il y avait eu un incendie à la loge, c'était une urgence, et il ne voulait pas utiliser les services de la menuiserie Kavanagh, de l'autre côté de la ville.

Quarante hampes, a-t-il dit à maman. Vingt-cinq shillings pièce. Elles porteront les bannières. Il faudra qu'elles soient lisses et vernies, avec le bout arrondi.

J'étais sûre que maman allait dire non merci. Depuis que papa était malade elle disait non merci à une commande sur deux. Elle disait que nous avions suffisamment d'argent avec les chèques de la poste. Mais cette fois elle a frotté ses mains l'une contre l'autre et finalement elle a murmuré : Très bien.

Votre mari sera d'accord, alors ? a-t-il demandé.

Il sera d'accord.

Il n'était pas très chaud avant, hein ?

Maman a regardé derrière elle comme si elle s'attendait à ce que papa écoute, puis elle a secoué la poignée de la porte.

L'homme a souri et dit : La semaine prochaine, alors ?

Oui, la semaine prochaine, a dit maman.

J'ai levé les yeux vers la lumière de la chambre de papa puis j'ai de nouveau regardé le tracteur. À présent, maman tenait fermement le volant en tournant le coin de la maison.

Il y avait du lierre sur les murs et on aurait cru que notre secret grimpait par ses branches vers la chambre de papa.

J'ai couru pour rattraper les troncs dans la cour. Ma poitrine montait et descendait. Maman se penchait sur le dossier du siège en me faisant signe des deux bras pour que je me dépêche. Elle essayait de dire un mot mais rien ne venait, et puis elle s'est retournée.

Elle s'est levée du siège en vitesse et elle a donné un fort coup de volant à gauche en freinant. Je pensais qu'elle avait peut-être heurté l'un des chiens, mais j'ai couru devant et j'ai vu la brouette pleine de briques. La roue arrière du tracteur l'avait manquée de peu. Le bruit aurait été terrible. J'ai soulevé la brouette et l'ai déplacée de quelques mètres.

Maman a chuchoté : Mets-toi devant le tracteur pour être sûr qu'on n'aura rien d'autre en travers de notre chemin, là, c'est bien !

La cour était presque vide mais j'ai transporté les briques à côté des vieux cabinets, puis j'ai traîné des bouts de planches près de la citerne. Maman avait la figure figée, mais elle m'a fait un sourire en me voyant dégager le chemin pour le tracteur.

La neige des planches s'était posée sur les manches de mon manteau. En fondant, elle a coulé vers mes coudes et ça m'a fait froid.

J'ai fait signe à maman d'avancer.

De sa botte elle a écrasé le frein pour le débloquer – il a cliqué très fort – et le tracteur s'est remis à rouler lentement. Les pneus accrochaient dans la neige durcie et les troncs grondaient contre le sol.

Les portes de l'atelier étaient ouvertes. Maman y a engagé le tracteur tout entier, et à présent le bruit était différent, plus doux, les pneus roulaient sur la sciure. J'ai tiré le cordon de la lumière, elle a inondé l'atelier et il y avait de la poussière tout autour de nous. Quelques bouteilles de limonade vides traînaient sur les établis, où papa les avait laissées il y a longtemps. J'avais la gorge sèche. J'ai songé à courir dans la maison pour prendre du lait dans le frigo mais maman a dit : Allez viens, Andrew.

Elle est descendue du tracteur et elle a tiré sur sa robe qui s'était prise dans le garde-boue. Elle a fermé la porte de l'atelier, elle a claqué des mains deux fois, et elle a dit : Au boulot !

Papa dit qu'il est aussi bon presbytérien que n'importe qui, qu'il l'a toujours été et le sera toujours, mais que c'est pure méchanceté que de célébrer la mort des autres. Il ne nous permet pas d'aller aux marches, mais j'ai vu des photos dans les journaux. Ma préférée montrait deux hommes en chapeau melon et costume noir, le torse barré d'épais rubans. Ils portaient une bannière du roi sur un grand cheval blanc. Le cheval traversait une rivière un sabot en l'air et l'autre sur la berge. Le roi portait de beaux habits, son visage était plein de bonté. J'ai bien aimé la photo et je ne voyais pas pourquoi papa se fâchait. Maman ne parlait jamais des marches. Si on posait une question elle disait : Demandez à votre papa. Et quand on demandait pourquoi, elle disait : Parce que votre papa l'a dit.

J'ai pensé que peut-être nos hampes allaient porter une bannière exactement pareille, avec le roi assis bien haut sur son cheval. J'ai demandé à maman mais elle a dit : Tais-toi, mon fils, on a un gros travail à faire.

Je savais comment procéder parce que j'avais regardé papa. On a déroulé les chaînes qui entouraient les troncs. Les chaînons donnaient l'impression d'être morts sous mes doigts.

Maman avait de petits gants de laine fine, elle me les a proposés mais j'ai dit non merci. Elle a retiré son foulard. Ses cheveux sont tombés sur ses épaules, noirs avec un petit peu de gris. Ses joues étaient rouges à cause du froid et elle était jolie comme sur les vieilles photographies. Elle a fouillé dans la poche de sa robe, elle en a sorti des allumettes et elle est allée vers les poêles à mazout.

Quand elle a frotté l'allumette on aurait dit que le feu lui jaillissait des mains.

En quelques minutes l'atelier s'est réchauffé. On a retiré les dernières chaînes sous les troncs et l'un d'eux a roulé sur le sol de l'atelier. Il a cogné contre le chevalet.

Maman a regardé par la fenêtre, mais la cour était vide, à part les traces qu'on avait laissées dans la neige. Quand elle a tapé sur la vitre, la glace a tremblé sur le verre. Puis elle a décroché la tronçonneuse du mur et elle m'a dit : Recule.

Maman l'a mise en marche et les dents de métal ont tourné follement autour de la lame. Elle a pris trois longues inspirations. Elle a d'abord fait une entaille en V et j'ai appuyé sur le fût pour que la tronçonneuse coupe plus vite. Elle l'a débité en trois longues parties égales et il y avait une goutte de sueur sur son front, simplement posée là, pas tout à fait sûre de vouloir tomber sur sa figure. Elle a arrêté la tronçonneuse pour essuyer la sueur au creux de son épaule.

Ça prendra combien de temps ? ai-je demandé.

Quelques jours, a-t-elle répondu. Ils en ont besoin à temps pour préparer le défilé.

Dehors, j'ai vu des chauves-souris voler, devant la fenêtre. Elles allaient très vite en plongeant dans tous les sens.

On s'est penchés pour soulever le morceau et le poser devant la scie à ruban. Le bois était humide là où maman l'avait scié et j'ai senti la sève couler sur mes doigts.

On respirait fort en plaçant le bois. Maman a mis le contact et la lame a tranché le morceau par le milieu. Quand on coupe des arbres on peut dire leur âge au nombre de cercles, et je me suis demandé si je pourrais apprendre des choses sur moi de mon corps coupé en deux, mais je n'ai rien dit parce que maman regardait fixement la machine.

Tu crois que les morceaux sont trop gros ? a-t-elle demandé.

Je n'étais pas sûr, alors j'ai dit non, ils sont parfaits.

Elle a eu un petit sourire, des cheveux sont tombés sur sa figure et elle les a attachés derrière sa tête. Elle a mis les mains sur ses hanches.

Tu as raison, a-t-elle dit.

On a emporté le premier morceau pour le passer au tour et maman a mis beaucoup de temps à s'assurer que tout était en ordre : les lames, les boutons, l'huile. Elle m'a jeté un long regard par-dessus la machine et elle a dit : C'est notre secret, hein ?

Oui.

Tu ne le diras pas à tes frères non plus ?

Non.

Dieu m'en garde, a-t-elle murmuré.

Maman a mis en marche. Quand la machine a commencé son fracas, maman a eu l'air de vouloir lui dire de se taire. Le bois tournait, tournait, projetant des éclats, et bientôt il s'est mis à ressembler à une hampe. J'ai pris le balai pour balayer. Je passais les poils entre les lames du plancher pour en retirer tous les petits débris.

Il y avait une belle odeur de bois dans l'air. Maman a stoppé la machine et elle a passé les doigts sur la pièce, puis elle s'est tournée vers moi.

Tu veux bien t'occuper de ce bidule, chéri ? a-t-elle demandé. Elle désignait la ponceuse. J'ai couru la chercher. Elle n'était pas lourde.

Branche-la ici, c'est bien, a-t-elle dit.

Une petite étincelle a sauté du mur, bleue comme l'éclair.

On a fabriqué une bonne hampe mais maman a dit qu'il était trop tard, qu'on essaierait encore le lendemain soir. On a sorti le tracteur en marche arrière et on l'a laissé dans la cour où il se trouvait avant, puis on a mis le cadenas sur la porte de l'atelier. Maman a passé un râteau sur la neige pour effacer tous les pas et les traces de pneus.

Quand on est revenus à la maison, j'ai montré à maman le secret pour ne pas faire de bruit dans l'escalier, en restant sur la gauche, en faisant attention à la septième marche qui grinçait, en posant le pied légèrement sur la onzième et en sautant complètement la quatorzième.

Maman s'est lavé les mains dans l'évier pour que papa ne sente pas l'odeur du bois, puis elle est allée le réveiller et le tourner pour qu'il n'ait pas d'escarres.

J'ai entendu papa lui dire : Tu as les mains froides, chérie.

Elle a toussé et répondu qu'elle était sortie voir le temps qu'il faisait.

Ah bien.

La tempête est passée, Dieu merci.

Ah oui, a dit papa, et ensuite j'ai entendu maman le soulever.

Elle fait ça six fois par jour. D'abord elle passe la main sous ses jambes et les soutient avec un oreiller. Puis elle met la main derrière son dos et le fait rouler. La première fois il a gémi. Il a crié des jurons et maman a dû le calmer en disant chut chut, allons chéri, allons. Après on est allés dans sa chambre, on s'est assis sur le lit à côté de lui, on a récité de longues prières et papa nous a dit qu'il était désolé d'avoir crié comme ça, c'était le diable dans sa gorge. Maintenant il ne crie plus, il serre seulement les dents en regardant tout droit vers le mur.

Une fois, quand elle le faisait rouler, mes frères et moi on a vu sa quéquette par la fente de son pyjama. Paulie a ri le premier, puis moi, puis Roger. Papa nous a regardés et dit, Sortez les garçons. Maman a rentré sa quéquette et serré la cordelière.

Le jour où papa est tombé, il a glissé entre deux chevalets. Mes frères et moi on jouait à cache-cache dans la cour. Roger l'a trouvé, il a crié de venir vite à l'atelier, et j'ai couru aussi vite que je pouvais. Papa était là, les yeux grands ouverts. Il avait un morceau de papier de verre dans les mains et ses cheveux étaient couverts de sciure. Il essayait de bouger mais il ne pouvait pas.

Il fabriquait des chaises quand c'est arrivé. Papa faisait les plus belles chaises de toute la Grande-Bretagne. Tout homme, toute femme, disait maman, aurait été fier de s'asseoir sur l'une de ses chaises. Elles étaient dignes de la famille royale et même de la reine. Il faisait des buffets aussi, et parfois il forgeait les petites poignées en cuivre dans la forge derrière l'atelier. C'étaient des buffets en acajou, le bois le plus cher, et faits seulement sur commande pour un homme de Belfast. Chaque fois qu'il en vendait un, papa nous emmenait en ville boire de la grenadine et manger des glaces. Des fois, pour s'amuser, il zigzaguait sur la route.

Papa a même fait les sièges de notre église. Il disait que chacun devait faire sa part pour Dieu. Notre voisin, M. McCracken, a dit que les sièges feraient honte à l'église catholique, mais papa a répondu qu'il n'y avait pas de honte dans les églises, bois bon marché ou bois de qualité, tout le monde s'asseyait dans la même direction.

Le révérend Banks a déclaré dans un sermon que c'étaient de grandes œuvres du Seigneur, et ce jour-là tous les hommes ont tapé papa dans le dos et il est sorti la tête haute.

Il était si grand, papa, qu'il pouvait attraper le linteau de la porte dans l'atelier et faire dix tractions. Il travaillait là toute la journée, de la dernière à la première étoile, maman lui apportait des sandwiches, et parfois le soir une canette de bière.

Quand il terminait une chaise, maman l'essayait toujours pour lui. Une fois, l'été, je l'ai vue debout sur un tabouret devant l'atelier, les bras en l'air, elle riait. Papa était à côté d'elle, souriant. Il souriait beaucoup comme ça, et ses dents étaient blanches et belles.

Le docteur a dit que c'était une attaque, et quand papa a voulu parler il n'a pas pu. Longtemps ses mots ont été confus, comme s'il en avait trop dans la bouche. Parfois il regardait ses mains comme si elles appartenaient à un autre.

Maman s'est installée dans ma chambre parce que papa ne pouvait pas dormir, et moi je suis allé dans celle de mes frères.

Le pire, c'est qu'il ne pouvait plus tourner les pages de sa bible, mais maman a eu une idée. Elle a pris sa trousse de toilette et elle a mis des pinces à cheveux sur ses pages préférées, en les faisant dépasser. Alors papa a pu tourner les pinces du dos de la main, et il était heureux même si pour lui c'était dur de sourire.

Papa a un visage tel que, si vous ne le saviez pas, vous pourriez croire qu'il est fâché quand il sourit, mais c'est comme un mot de passe, la façon dont sa bouche se tord.

Chaque soir, c'était comme si on creusait un tunnel en secret. Je ne m'étais jamais couché si tard. On a coupé les troncs jusqu'à ce qu'ils deviennent fins, on les a polis, et on les a terminés en boules comme au début de la rampe d'escalier. C'était le plus dur. Puis on a pris des pinceaux pour traiter le bois et même le cirer, afin que les hampes soient belles, élégantes, brun foncé.

On a utilisé tout le mazout, et il fallait travailler vite pour garder nos doigts au chaud. Maman m'a donné une paire de gants, les vieux gants de papa. Ils étaient jaunes et j'ai pensé aux gants blancs des hommes de la marche. J'imaginais leurs jolis gants autour des hampes et les gros boutons brillants qu'ils ont sur leurs manteaux.

On a fait quatre hampes le deuxième soir et sept le troisième. On devenait si rapides que le quatrième soir on en a fait douze. Elles étaient de plus en plus réussies. Les petites boules au sommet étaient parfaites.

Le dernier soir, on a fini le travail de bonne heure. On a appuyé les quarante hampes au coin de l'atelier près de la porte. Elles se penchaient comme une grande forêt qu'on aurait écorcée.

Maman a passé les doigts sur deux ou trois hampes et quand elle s'est enfoncé une écharde dans la main elle a dit : Oh, zut !

Elle a encore poncé la hampe puis on a retraversé la cour. Elle a sucé un petit peu de sang sur son doigt. Il était tard. Il y avait des millions d'étoiles et la lune était plus petite qu'avant. Toute la neige avait fondu, à présent le sol était boueux.

On a quitté nos bottes à la porte d'entrée et dans la cuisine on a mangé du pain et du beurre avec de la confiture d'abricots.

Maman est allée prendre un bain et moi je suis allé dans ma chambre. Mes frères dormaient comme des bienheureux. Ils respiraient à des rythmes différents, ça faisait penser à une chenille, la façon dont ils bougeaient. J'ai eu envie de les écraser.

Je n'ai pas très bien dormi. Je n'arrêtais pas de me tourner et de me retourner, et ensuite j'ai dû aider Roger à se rendormir parce qu'il s'était mis à pleurer. Je suis descendu lui chercher du lait chaud mais il n'en restait plus dans le pot en argent. Maman était assise là, la tête dans les mains. Elle ne m'a pas remarqué avant que je laisse tomber le couvercle du pot et qu'il fasse un grand bruit. Elle m'a attiré contre elle et m'a donné un gros baiser sur la tête, et je me suis senti idiot.

J'ai remonté l'escalier en évitant les marches qui grinçaient.

Roger a pleuré quand il a su qu'il n'y avait pas de lait mais finalement il s'est rendormi et ils ont tous recommencé à respirer à leur manière de chenille.

J'ai remonté les couvertures pour me faire un tunnel. Je me demandais comment ce serait d'y aller rien qu'une fois, de voir les hommes en chapeau melon porter les hampes dans la rue. Des tas de gens applaudiraient et souffleraient dans des sifflets, les tambours battraient. Les camions de glace distribueraient gratuitement de la glace au chocolat. La foule se dresserait sur la pointe des pieds en disant : Mon Dieu mon Dieu, regardez ça ! elles ne sont pas merveilleuses ces hampes, elles ne sont pas jolies ?

Quand je me suis réveillé, il faisait encore nuit, comme toujours en hiver. Le vent soufflait fort.

Maman était sur le palier, déjà habillée.

On est entrés dans la chambre de papa en refermant la porte derrière nous. Sa bible était ouverte sur sa poitrine. Les pinces à cheveux dépassaient. Elle lui a brossé les dents et l'a fait cracher dans la cuvette, puis elle lui a dit que j'avais fort envie de le raser le matin, est-ce qu'il était d'accord ?

Papa a dit qu'il voulait bien, du moment que je ne lui tailladais pas la figure. Il pouvait presque prononcer ses mots correctement.

J'ai dit : Chouette.

J'ai couru en bas faire chauffer de l'eau dans la cuisine, puis j'ai pris la cuvette blanche en porcelaine ancienne. Son rasoir et le savon étaient sous l'évier. Les serviettes et le gant de toilette étaient déjà pliés sur la table.

Quand j'ai jeté un coup d'œil rapide par la fenêtre, les hampes étaient empilées au milieu de la cour. Les yeux sur le chemin, maman attendait que la camionnette vienne les chercher.

J'ai posé la lame en équilibre sur le bol et j'ai tout emporté de la cuisine. Je ne me souciais plus des marches. J'appuyais même plus fort pour qu'il sache que je venais. Il m'attendait déjà. Il sentait un peu comme s'il avait besoin d'un bain. J'ai allumé la radio près du lit et j'ai légèrement augmenté le volume, exactement comme maman m'avait dit. C'était l'heure des informations, on parlait de queues aux stations d'essence.

Papa était soutenu par les oreillers, j'ai mis une serviette derrière sa tête et il a fait son drôle de sourire.

Il a dit : Tu as chauffé l'eau, hein ?

J'ai hoché la tête et j'ai trempé un gant dans le bol pour mouiller sa joue. Derrière le son de la radio, je guettais le bruit de la camionnette sur le chemin. Mais seul le vent soufflait dehors. Quand sa figure a été mouillée, j'ai fait mousser le savon et j'ai essayé de l'étaler mais mes doigts tremblaient un peu.

À la radio, la publicité avait remplacé les infos.

Je lui ai savonné la figure et j'ai pris la lame – papa l'appelle un coupe-chou –, et j'ai commencé ainsi que maman le fait, à la base du cou où il a toutes ces petites bosses. Comme toujours il a fermé les yeux. La lame glissait lentement. Je ne voulais pas le couper mais il m'a dit d'aller plus vite, de ne pas m'inquiéter, on rasait mieux en travaillant vite.

Tu le feras bientôt toi-même, fiston.

J'ai entendu mes frères se lever dans la chambre. Ils criaient et riaient, ils se battaient à coups d'oreillers.

Papa a un peu bougé, du savon s'est mis sur son oreiller. Je l'ai essuyé et ensuite j'ai remonté la joue vers les pattes. Ses yeux restaient fermés. J'ai rapidement rasé le côté gauche de la figure.

C'est bien, mon garçon, a-t-il dit.

Je priais pour que la camionnette arrive bientôt. À la radio, de la musique a commencé et papa m'a dit de l'éteindre, mais j'ai fait semblant de ne pas l'entendre et j'ai continué à le raser. Les poils noirs et gris formaient de drôles de motifs sur la lame avec le savon. Je l'ai essuyée soigneusement au bout de la serviette.

Il a dit : Éteins la radio, fiston.

J'ai dit : Ah, s'il te plaît, papa.

Tu écoutes ton père ? Éteins tout de suite ces bêtises.

J'ai tendu la main et j'ai éteint. Juste à ce moment j'ai entendu la camionnette dans le chemin et il l'a entendue aussi. Elle est entrée par la grille et en passant dans les flaques elle a fait un bruit mouillé.

Je voyais à la façon dont papa plissait le front qu'il se posait des questions. Je lui ai dit que ça devait être le facteur venu de bonne heure et exprès j'ai regardé par la fenêtre et j'ai dit, Ouais c'est une fourgonnette rouge, c'est sûrement le courrier. En réalité, c'était une fourgonnette bleue. J'ai rallumé la radio pour qu'il n'entende pas les portières s'ouvrir ni les hampes qu'on chargeait, ni tout autre bruit qui pouvait se produire. Mais il m'a dit aussitôt de l'éteindre, et sans discuter.

J'ai commencé à lui raser le menton, je suis remonté vers la moustache et j'ai pensé que j'aurais dû me laver les mains plus soigneusement parce que j'avais peut-être encore l'odeur du bois et du Xylophène sur les doigts.

Mes mains se sont mises à trembler très fort.

La lame a touché sa lèvre supérieure mais elle n'a pas tiré de sang. Les yeux fermés, il avait l'air de penser très sérieusement à quelque chose.

Ils viennent vraiment tôt, a-t-il dit.

Ouais.
Ils ne sont jamais venus si tôt.
Les portières de la camionnette ont claqué très fort et j'ai toussé très fort aussi. Papa a bougé le dos contre les oreillers et il a dit que ça devait être un colis, même s'il ne voyait vraiment pas qui pouvait bien en envoyer un.
Je n'en sais rien, papa.
Il m'a demandé de l'aider à passer ses doigts sur sa figure, alors j'ai soulevé sa main. On a commencé par le cou, puis les joues, les pattes et le menton, et je l'ai aidé à toucher le petit creux entre son menton et sa bouche.
Tu en as laissé, m'a-t-il dit.
Tu veux que je le rase ?
Non, cours voir en bas pour ce colis.
J'ai filé. Maman était toujours dans la cour quand je suis sorti. Le vent rabattait ses cheveux en tous sens. Elle avait rangé l'argent dans son tablier. Elle se mordait la lèvre, les yeux fixés sur le chemin. La camionnette était partie. Mes frères ont ouvert la fenêtre en haut, ils faisaient beaucoup de bruit mais je n'entendais pas ce qu'ils disaient.
Maman, ai-je dit.
Oui ?
Il croit qu'il y a un colis.
Maman a traversé la cour en faisant de petits pas entre les flaques. L'eau éclaboussait le bas de sa robe
J'ai regardé les chênes derrière l'atelier. Ils devenaient fous dans le vent. Leurs troncs étaient gros, solides et forts, mais les branches se giflaient comme des gens en colère.

UNE GRÈVE DE LA FAIM

Le gamin, qui regardait du haut du promontoire au-dessus de la ville, vit le vieux couple sortir le kayak jaune de la maison. Ils le hissèrent avec difficulté sur leurs épaules et le portèrent vers la digue.

La vieille femme marchait derrière. L'homme, légèrement courbé, mesurait tout de même une bonne tête de plus qu'elle. Elle tenait le bateau aussi haut qu'elle pouvait mais il penchait tout de même vers elle. Leurs visages perdus dans l'ombre, ils avançaient lentement sur la route goudronnée. Entre eux, reposant sur chaque épaule, il y avait les pagaies. Dans leur progression, l'homme et la femme évoquaient un étrange et charmant insecte. Quand ils arrivèrent au bord de la digue, ils firent glisser le kayak jaune de leurs épaules et entreprirent de le mettre à l'eau.

Comme la marée était basse, ils se servirent de longues cordes pour descendre l'embarcation. Elle toucha l'eau sans presque une ondulation.

Ils restèrent un moment à parler et le soleil brilla à travers leurs vêtements, dessinant la forme sombre de leurs corps.

Elle était maigre comme un clou et le vieil homme avait de la bedaine.

Il fit un geste vers la mer puis se retourna et descendit l'échelle rouillée en se tenant aux barreaux. Même dans sa lenteur ses mouvements étaient fluides. Il se planta fermement dans le kayak et posa la pagaie au milieu, en travers, pour empêcher le bateau d'osciller. La vieille femme le suivit prudemment sur l'échelle. Une brise souleva sa robe et le vieil homme lui toucha l'arrière des cuisses. Elle se retourna et sembla émettre un petit rire, et il la guida de l'échelle dans l'un des trous d'homme. Lorsqu'elle posa le pied, le kayak hoqueta sur l'eau.

Ils ne portaient pas de gilets de sauvetage mais l'homme déploya la jupe qu'il ajusta à l'hiloire. Il poussa de la pagaie contre la paroi de la digue et le bateau s'éloigna dans le port. La pagaie frappa l'eau, envoyant des ondulations qui avaient disparu depuis longtemps quand elle aussi se mit à pagayer, à l'unisson avec lui.

Le kayak glissa vers le large et les yeux du gamin les suivirent jusqu'à ce qu'ils changent de cap et se dirigent vers le sud le long du promontoire, vive tache jaune sur le tissu gris de la mer.

C'était donc la ville de Galway, où sa mère avait autrefois passé ses étés : soleil, flèches d'église, boîtes aux lettres vertes, l'applaudissement sobre des mouettes, les montagnes déployées au loin tel un don de simplicité.

Le gamin passa une seconde chemise qui avait autrefois appartenu à son père – elle aurait pu contenir deux garçons comme lui. Il roula les manches haut sur ses avant-bras et froissa le col pour qu'elle n'ait pas l'air repassée. De l'autre côté de la caravane, sa mère dormait encore. Sa poitrine montait et descendait. Ses cheveux étaient tombés sur son visage et des mèches, ayant pris le rythme de sa respiration, se soulevaient aussi. Traversant le linoléum ses chaussures à la main, il ouvrit rapidement la porte pour l'empêcher de grincer.

Dehors, les derniers crachats de pluie venaient de mourir dans le vent.

Sur le parpaing qui servait de marche il mit ses chaussures et regarda vers la mer. L'horizon gris saignait dans le ciel gris si bien qu'il ne savait où le ciel commençait et où la mer finissait. Un unique bateau de pêche brisait l'étendue d'eau.

Il s'éloigna de la caravane en donnant des coups de pied à des pierres. Son pantalon noir étroit, remonté haut sur les hanches, révélait des chaussettes blanches et des chaussures noires. Le gamin ne les avait pas cirées depuis qu'il les avait achetées, et à présent elles étaient éraflées comme de la glace sale dans le caniveau.

Il descendit le sentier boueux qui sinuait sur la pente, s'accrochant à des branches pour garder l'équilibre, puis il arriva sur la grand-route qui menait en ville. Elle était tout de même plus étroite que la plupart des routes de son jeune passé. À Derry, il n'avait jamais pu se promener librement, mais sa mère disait que cette ville était sûre, elle en connaissait tous les coins et recoins, c'était un endroit sans danger.

La pluie avait mûri l'herbe au bord de la route et le gamin arriva au cimetière où quelqu'un avait placé une petite vierge de porcelaine à côté d'une pierre tombale. Il se promena dans le cimetière, tapotant sa poche de chemise où il avait un paquet de cigarettes volé dans le sac à main de sa mère – il était presque vide. Se courbant sous son blouson, il en alluma une puis cracha près d'un crucifix. Il sentit une honte soudaine lui envahir les joues mais il cracha de nouveau sur une autre pierre tombale et passa son chemin. Il avait treize ans et c'était la quatrième cigarette de sa vie. Elle avait un goût cruel et délicieux, elle lui tournait la tête. Il la fuma jusqu'au filtre, la mit entre son pouce et son index et l'envoya valser haut par-dessus le mur de pierre. Elle grésilla et rougeoya dans l'air et son souvenir resta sur sa langue comme l'haleine du matin tandis qu'il parcourait le cimetière, plein de drôles de couronnes, de statues et de pierres gravées. Il regardait les noms et les dates sur les tombes, mais beaucoup à présent étaient couvertes de hautes herbes et de lichen.

Sur l'une des pierres il vit une pinte de bière vide avec du rouge à lèvres sur le bord, et quand il regarda de près il s'aperçut que c'était la tombe d'un garçon pas beaucoup plus âgé que lui.

Tant pis pour toi, dit-il à la pierre.

Il tourna les talons et sauta l'échalier du mur, rejoignant la route vers la ville. La chaussée n'était pas marquée, il marchait en équilibre le long d'une ligne blanche imaginaire qui se tordait dans les virages. Une fois, elle décrivit un lacet, et il crut pouvoir retracer ses pas et se rencontrer lui-même.

Une voiture le dépassa puis klaxonna, et le gamin ne sut pas si c'était pour le saluer ou pour le mettre en garde. Il agita faiblement la main et resta sur le talus herbeux tandis que la route trottait vers la ville au flanc de la colline. Il s'arrêta pour lire le panneau qui donnait le nom de la ville en deux langues – il ne voyait pas le rapport entre les deux, un mot en anglais et deux en irlandais. Il essaya de jongler avec eux mais ils n'allaient pas ensemble.

Quelques hommes se tenaient l'air maussade et malveillant devant un pub au pied de la colline. Le gamin leur fit un signe de tête mais ils ne lui rendirent pas son salut.

Comment allez-vous ? demanda-t-il à personne, à voix basse.

Oh, ça baigne.

Et vous-même ?

On fait aller.

Il songea qu'il portait une chemise de solitude et il aima cette idée ; il la serra autour de lui en marchant pendant des heures devant des boutiques tranquilles, la forge condamnée d'un maréchal-ferrant, le long d'une rangée de bungalows vert tilleul, à travers un terrain de football aride. Il franchit le haut mur d'un terrain de handball. Puis il retourna en ville où il arriva à une petite salle de jeux électroniques pleine de bruits grossiers, métalliques.

C'est un hold-up, dit-il à une machine.

Il tira une cigarette de sa poche de chemise sans sortir le paquet – comme son oncle aurait pu le faire autrefois – et il joua à un jeu vidéo solitaire, la cigarette non allumée pendue à la bouche. Elle montait et descendait quand il maudissait les vaisseaux spatiaux de la machine. Il avait commencé, des mois auparavant, à tatouer un mot sur l'un de ses doigts, mais il avait cessé, ne sachant pas très bien lequel choisir. Tout ce qu'on voyait maintenant, c'était une seule ligne droite là où il avait planté une aiguille chaude dans son index et l'avait barbouillée d'encre bleue.

Le doigt tatoué frappait sans arrêt le bouton de la machine et le gamin était bien engagé dans sa troisième partie quand il tourna simplement les talons, quitta la salle et descendit en flânant vers la digue.

Juste en dehors du port, le kayak s'en revenait sur l'eau et le vieux couple pagayait avec sûreté et grâce. Les pagaies fendaient l'air en cadence, le soleil brillait sur leur pale quand elles se retournaient. Des mouettes tournoyaient au-dessus du kayak, cherchant sûrement du poisson, et il lui sembla que les oiseaux faisaient paraître la faim facile.

Sa mère lui avait dit : ne dis pas *petiot*. Ne dis pas *petiote*. Selon elle, il y avait un paysage de la langue, et pour le moment leur accent pouvait être une curiosité dangereuse. Il songea qu'il était l'enfant de deux pays, les mains dans le noir de deux poches vides. Il marcha jusqu'au bout de la digue et répéta le mot *petiot* jusqu'à ce qu'il ne veuille plus rien dire. Ç'aurait pu être un cordage ou un nœud ou un winch ou même une source de joie.

Petiot ! hurla-t-il, sautant de la digue et courant le long de la plage vide. *Petiot.*

Cette première nuit, la caravane gîta et gémit dans la fugue de vent qui s'élevait de l'eau. Elle était posée sur des parpaings à cent mètres du bord de la falaise, attachée par une chaîne aux deux extrémités. Quand ils allumèrent les lumières, le gamin pensa qu'elle devait ressembler à un triste phare inutile.

C'est nul ici, dit-il.

Sa mère se retourna du fourneau et dit : Oh, ce n'est pas si mal. Tu verras. Tu finiras par aimer.

Tu as eu des nouvelles ?

Pas encore.

Le vent murmurait à travers les fentes de la porte, amenant l'odeur de l'eau fraîche et salée. Le gamin prit son couteau suisse noir dans sa poche et le posa sur la table en formica, déplia la lame et testa son tranchant sur des poils de son bras. Il coupa près de la peau et vit une tache de rousseur. Il se demanda ce qui arriverait s'il essayait de l'extirper avec le couteau. Il se mit à la gratter du bout de la lame jusqu'à ce qu'il ressente une vive douleur, et il crut l'avoir fait saigner. Il suça son avant-bras et ne sentit aucun goût et, en l'absence de sang, il fut déçu de l'extravagance de sa douleur.

Quand il leva les yeux, sa mère avait déjà posé devant lui une assiette contenant des haricots et un toast.

Le gamin poussa son canif dans l'assiette, le fit glisser parmi les haricots et il pensa qu'il ressemblait à un kayak absurde dans une mer de rouge. Il le souleva et en lécha le manche et se mit à pourfendre les haricots un par un. Ils se brisaient sous le poids du couteau, mais il apprit à les percer légèrement, et il les tint en l'air, au bout de la lame, en les fixant. Il ne mangeait pas du tout.

Sa mère s'assit. Elle remplit deux gobelets de thé et commença son repas, feignant l'indifférence.

À travers la vapeur qui s'élevait, il voyait son visage ondoyer comme un miroir de foire. Il se mit à souffler sur son assiette.

C'est trop chaud, chéri ? demanda-t-elle.

Non.

C'est ce que tu préfères.

Je n'ai pas faim.

Tu n'as pas mangé de la journée. Je parie que tu pourrais manger tout ça en… deux minutes pile. Moins même.

Tu sais quoi ? dit-il d'une voix perçante. C'est nul ici.

Elle ferma les yeux un instant puis regarda par la fenêtre. Le gamin trancha les haricots avec son couteau et il piqua le toast, qui était ramolli à présent. Il souleva le pain dont le centre tomba, et il fut frappé par l'idée que le pain avait perdu son cœur. Il s'écrasa dans l'assiette et quelques gouttes de sauce tomate tachèrent la table. Sa mère les essuya du doigt, poussa un long soupir.

On va jouer aux échecs, dit-elle.

Je ne sais pas jouer.

Je t'ai appris un jour quand tu étais malade. Quand tu as eu la varicelle, tu n'allais pas à l'école. Tu adorais ça.

Je ne m'en souviens pas.

Il y a un jeu dans la boîte sous ton lit.

Ce n'est pas mon lit.

On joue quand même. Je te montrerai encore.

Je ne veux pas.

Ton père était un grand joueur, l'un des meilleurs.

Le gamin repoussa son assiette et ne dit rien. Sa mère regardait dans sa tasse, une larme se formant au bord de son œil gauche. Elle cligna les yeux et rattrapa la larme sur le coin de sa robe. Puis elle se leva et fit les quatre pas pour traverser la caravane jusqu'au lit du gamin, qui servait aussi de canapé. Dessous il y avait un placard. Quand elle ouvrit la porte, il sembla au gamin qu'elle tirait sur le côté d'un cercueil.

De la poussière s'éleva autour d'elle et elle se couvrit les yeux, toussa, puis revint à la table en portant le jeu, qui était fermé par du ruban adhésif cassant. Elle le perça avec les dents de sa fourchette. Une par une elle sortit les pièces de la boîte et les nomma en les plaçant sur la table : le roi, la reine, la tour, le cavalier, le fou, les pions.

Je n'aime pas ces pièces petiotes, dit-il.

Elle lui lança un regard et retira son assiette de la table pour poser l'échiquier mais il attrapa le bord de l'assiette et lui dit d'une voix forte : Non.

Il y eut un silence dans la caravane, puis sa mère s'efforça de sourire et dit qu'elle s'entraînerait toute seule. Faute de place elle mit l'échiquier en surplomb – on aurait dit un précipice. Elle aligna les pièces blanches le long de l'échiquier, près de son ventre, et le gamin se rappela une histoire biblique dans laquelle des animaux étaient poussés d'une falaise.

Elle tendit la main et déplaça l'un des pions blancs, puis elle avança un pion noir dans la même rangée de cases. Elle fredonnait très doucement. Bientôt les pièces furent dispersées sur tout l'échiquier.

Échec, se dit sa mère.

Jouant avec le contenu de son assiette, le gamin vit le cœur de pain ramolli. Il le fit tourner dans la sauce rouge avec son couteau, avec ennui au début, jusqu'à ce qu'il commence à prendre forme. Il écrasa le pain du bout de la lame et vit alors ce qu'il pouvait devenir. Son père, un menuisier, lui avait dit un jour qu'un homme, s'il le voulait, pouvait faire quelque chose de n'importe quoi. Le gamin se mit à façonner rapidement le pain, le tourna dans l'assiette avec son couteau. Il absorba encore de la sauce, prit une forme définie. Il pensa à son oncle en prison : une cellule isolée, l'obscurité dehors, le bruit de bottes le long d'une passerelle métallique, les jours gravés dans le mur.

Il abandonna le couteau et se mit à modeler avec ses doigts.

À la fin de la soirée, quand elle se leva lourdement du canapé, il était encore éveillé à la table et il avait créé une pièce d'échecs, un cavalier. Il était simple de lignes, rouge de la sauce dans laquelle il avait trempé. Elle tira sa chaise vers la table et lui sourit, et il baissa les yeux. Prenant le pain sculpté, elle sourit encore, posa une main sur son épaule et lui dit que le cavalier avait l'air délicieux.

Il n'est pas à manger, maman, dit-il.

Le lendemain matin, tandis qu'il attendait devant la cabine téléphonique verte près de la digue, il sut pour de bon. Sa mère raccrocha et ouvrit la porte. La charnière grinça, un bruit de chant funèbre, et lorsqu'elle sortit son visage était empreint d'une telle tristesse qu'elle avait l'air d'avoir fait un voyage dans lequel sa propre mort était annoncée.

Il a commencé, dit-elle.

Le gamin ne répondit pas.

Elle s'avança pour le serrer dans ses bras mais il s'écarta.

Je ne vais pas y retourner, dit sa mère. Ils veulent que je revienne mais je n'irai pas.

Moi j'y retourne, dit le gamin.
Tu resteras ici avec moi.
Il y avait de la supplication dans sa voix.
Debout en silence, il la regarda inspecter la route de la plage. Quelques malheureux touristes se tenaient les mains dans les poches. Un homme et une femme d'âge mûr sortirent des chaises longues de l'arrière de leur voiture, les posèrent d'une façon décidée sur le sable, serrèrent leurs manteaux autour d'eux. Une jeune fille se laissait tirer par un chien-loup anémique. Un camion de glaces augmenta le volume de sa musique. Sa mère semblait retrouver des choses d'un passé informe, et à l'expression de ses yeux on voyait qu'elle ne comprenait pas comment elle était arrivée là, dans cette ville, cette rue, ce coin de bord de mer près du téléphone. Elle les baissa vers la flaque de son ombre à ses pieds, et elle poussa un caillou imaginaire sur le sol.
Viens, on rentre à la caravane.
Non, dit le gamin.
On va se faire une bonne tasse de thé.
Je ne veux pas de thé.
Viens. On y mettra des tonnes de sucre pour que nos dents pourrissent et on chantera des chansons jusqu'au soir. Tu veux ? Rentrons. S'il te plaît.
Il va mourir, maman ?
Bien sûr que non, dit-elle.
Comment le sais-tu ?
Je l'ignore, répondit-elle doucement.
Quatre sont déjà morts.
Oui, je sais.

Le gamin regarda un moment par-dessus l'épaule de sa mère puis se mordit la lèvre et s'éloigna, et elle le regarda partir, sa chemise en tourbillon autour de lui.

Le vent de la mer soufflait durement, elle sentait le froid au coin de ses yeux et elle le vit dépasser la digue, monter en haut de la colline et devenir une petite tache blanche dans le lointain.

Le gamin erra dans un état de stupeur pendant une heure, se retrouva près d'une barrière en fil de fer barbelé. Derrière la barrière des moutons étaient barbouillés de rouge. Il leur jeta des pierres et quand ils se dispersèrent il pinça le barbelé et se demanda si la vibration gagnerait tous les autres fils, pour que le son porte, d'un poteau de clôture à l'autre, jusque dans le nord et un bâtiment carré surmonté de barbelés.

Salauds ! cria-t-il.

Plus tard dans la journée, quand il redescendit en ville, le titre lui sauta aux yeux dans les kiosques. Le journal arborait un bandeau violet vif mais pas de photographie, et ce n'était même pas le plus gros titre ; il en acheta quand même un exemplaire, en déchira la première page, la mit dans la poche de son jean. Il avait l'impression qu'il portait son oncle sur sa hanche, qu'il pourrait y rester vivant et en émerger quand tout serait terminé.

Le gamin sauta la balustrade le long de la plage et atterrit doucement sur le sable.

Dans les rochers près de la digue, il alluma un feu avec le reste du journal. Il se chauffa les mains tandis que les pages brûlaient en se recroquevillant. La fumée le faisait pleurer. Il lut l'article cinq fois, étonné d'apprendre que son oncle n'avait que vingt-cinq ans. Il était l'un des quatre prisonniers à faire la grève – déjà, chaque homme mort avait été remplacé par un autre et le gamin trouva étrange que les vivants endossent la dépouille des disparus. La chaîne des mourants, pensa-t-il, pouvait durer indéfiniment. Une expression du journal lui trottait dans la tête : avec l'intention de donner la mort. Il se demandait ce qu'elle signifiait. Il la laissa rouler sous sa langue et il songea qu'elle ressemblait au titre d'un film qu'il avait vu un jour à la télévision. Un instant, le gamin permit à son oncle d'apparaître sur une affiche de cinéma. Une explosion lui éclairait le côté du visage, un hélicoptère noir fendait l'air. Sous son menton, des soldats couraient apeurés. Ils sortaient de l'affiche et son oncle les suivait des yeux.

Le gamin n'avait jamais rencontré son oncle – sa mère ne lui rendait jamais visite en prison – mais il avait vu des photos, et sur ces images le visage était dur et anguleux avec des yeux d'un bleu surprenant, les cheveux frisés, les sourcils broussailleux, et une cicatrice traçait une ligne outragée à la base de son nez.

C'était le visage que le gamin porterait avec lui, même s'il savait que, depuis, son oncle était devenu barbu, les cheveux plus longs, sales et bouclés, et qu'avant la grève de la faim il avait porté une couverture comme beaucoup de ces hommes, qu'il avait vécu dans une cellule où ils barbouillaient les murs de leur propre merde en signe de protestation. Il y avait eu une photo sortie en cachette du bloc H au moment de cette action, un prisonnier dans une cellule, près d'une fenêtre, enveloppé d'une couverture sombre, de la merde enroulée en volutes sur le mur derrière sa tête. Le gamin se demandait comment on pouvait vivre ainsi, de la merde sur les murs et le sol plein de pisse. Les gardes arrosaient les cellules au jet une fois par semaine, et parfois la literie était si trempée que les hommes attrapaient une pneumonie. Le mouvement ayant échoué, les prisonniers avaient nettoyé leurs cellules et opté pour la grève de la faim.

Le gamin remua les cendres du feu et fourra l'article dans sa poche.

Il marcha lentement jusqu'au flanc de la colline au-dessus de la digue puis il monta la pente en courant, se frayant son propre chemin à travers les herbes et la bruyère.

Il donna de violents coups de pied dans la bruyère, jeta les bras en l'air et cracha vers le ciel, puis il s'allongea au sommet de la colline et enfouit son visage dans l'herbe. Il y retrouva le visage de son oncle, dur et usé, comme sorti d'un livre de catéchisme. Sa barbe descendait jusqu'à sa poitrine. La peau avait déjà commencé à s'étirer sur les pommettes quand, le matin, il avait refusé la nourriture pour la première fois. Ses yeux paraissaient agrandis par la faim. Lorsque le gamin se retourna et leva de nouveau les yeux vers le ciel, il pensa que s'il y avait vraiment un Dieu il ne L'aimait pas, il ne pourrait jamais L'aimer.

Il jura à voix haute et son cri voyagea sur l'eau – l'horizon était déjà taché de couchant –, et l'eau prit le cri et l'avala. Il essaya encore. Va Te faire foutre, Dieu.

Un vol d'oiseaux s'éleva au-dessus de lui avec de minces cris et il remit son visage contre la terre, maudissant son père, mort dans un accident voilà des années, et à présent le frère de son père, qui s'en allait lui aussi.

Le gamin pensa que l'oncle qu'il ne connaissait pas serait tout l'oncle qu'il lui serait donné de connaître.

Devant la pharmacie, il y avait une vieille bascule et il monta dessus, mais il n'avait pas de pièce de dix pence et l'aiguille ne bougea pas.

Il donna un coup de poing sur le verre, puis mit sa bouche contre la fente où l'on introduisait la monnaie, expectora et cracha. Dans la boutique, un homme qui travaillait tard leva les yeux d'une petite pile de cachets sur le comptoir et vit le jeune garçon la bouche contre la machine.

Le gamin leva brusquement la tête, baissa les yeux et descendit de la bascule. Un crachat oblong pendait de la fente.

Il se mit à monter la route en courant, le goût métallique de la fente encore sur les lèvres. Le pharmacien vint à la porte et regarda le gamin, qui à présent crachait sur les vitres des portières de voitures, ne s'arrêtant qu'une fois pour regarder par-dessus son épaule. Il vit le pharmacien secouer la tête en rentrant dans sa boutique, et la sonnette de la porte tinta derrière lui. Le gamin lui fit un doigt, puis se retournant il courut vers le promontoire, où une seule lumière brûlait contre une fenêtre.

Sur le seuil de la haute caravane solitaire, épuisé par sa colère, il laissa sa mère le prendre dans ses bras. Elle posa la main sur sa nuque, une vague odeur de sueur et de parfum autour d'elle. Il brisa son étreinte et ils restèrent assis silencieux dans la pénombre jusqu'à ce qu'elle commence à lui apprendre à jouer aux échecs. D'abord, il refusa le jeu, mais elle persista à lui montrer les combinaisons que les pièces pouvaient faire, le saut du pion, la diagonale du fou, l'étrange permutation entre le roi et la tour, le riche vocabulaire de la reine. Les règles commençaient à lui revenir et il prit les pièces, les déplaçant rapidement, sans réfléchir. Elle lui permit quelques coups vagabonds et il se détendit lentement, la raideur quitta ses épaules. Il était stupéfait de la façon dont le cavalier bougeait, c'était si audacieux et compliqué. Il essaya ses permutations et développa une affinité pour sa forme – le corps solide d'un cheval, sa respiration, et pourtant quelque chose d'humain aussi. Il chercha un mot qu'il avait appris à l'école, centaure, et le retint dans sa bouche.

Longtemps il protégea ses deux cavaliers, et il fut mortifié quand sa mère en prit un avec son fou.

Une pendule tictaquait, le générateur bourdonnait et il continuait à bouder.

Elle se leva brusquement, alla au frigo et en rapporta la pièce qu'il avait fabriquée avec du pain. Elle avait durci et elle était encore rouge de sauce tomate.

Voilà ton cavalier, dit-elle.

Il rit, le prit et mordit un petit bout d'oreille, regrettant aussitôt de l'avoir abîmé. Le pain avait un goût rassis et il le cracha dans sa paume et le recolla sur le cavalier. Après l'avoir posé sur l'échiquier, il remarqua que sa mère ne le menaçait jamais. Il se mit à le placer dans des situations pour la provoquer, mais elle se contentait de lui sourire et de l'éviter. Quand l'échiquier fut presque dépeuplé, elle rassembla vite toutes les pièces et les disposa de nouveau, prenant garde à ne pas écraser celle qu'il avait façonnée dans du pain.

Le gamin prit son cavalier. Il était plus mou à présent qu'il était sorti du frigo depuis longtemps, et il devait constamment humecter le petit morceau qu'il avait mordu.

Elle commença une nouvelle partie mais il toussa fort.

Pourquoi tu ne veux pas en parler ? demanda-t-il.

Je préfère pas.

C'est idiot. C'est nul ici. Je déteste cet endroit.

Sa mère soupira et enroula une boucle de ses

cheveux autour de son doigt. Ils étaient incroyablement noirs contre la blancheur de ses mains.

Qu'est-ce que ça signifie, statut politique, de toute façon ?

Ça signifie que pour eux c'est une guerre. Qu'ils sont prisonniers de guerre et qu'on devrait les traiter comme tels. Si ce n'est pas une guerre, ce ne sont que des criminels.

Bien sûr que c'est une guerre, bon sang.

Thatcher dit que non, alors ils ne peuvent pas avoir le statut politique.

Culotte de fer ?

Elle rit. Culotte de fer, oui.

Il remarqua qu'elle parlait avec son vieil accent du Nord et ça lui fit plaisir. Il porta la pièce d'échecs à son nez pour la sentir, la sauce tomate dans laquelle elle avait trempé.

Je vais lui écrire une lettre, dit le gamin.

Il ne peut pas recevoir de lettres.

Pourquoi pas ?

C'est une de leurs règles.

Je m'en fiche, de leurs règles, dit le gamin. Je vais lui écrire une lettre et l'envoyer à Grandma, elle la lui fera passer pour moi.

Et qu'est-ce que tu vas dire ?

Je vais lui expliquer comment faire un jeu d'échecs.

Ça va plaire à ton oncle.

Il pourrait se servir de tout le pain qu'ils lui donnent.

Oui.

Il pourrait le tremper dans l'eau.

Oui, il pourrait.

Il aurait tout le temps. Il pourrait les sculpter.

Il pourrait, oui.

Elle s'avança dans son siège, tendit la main et lui toucha le visage, le caressant très tendrement. Au contact de ses doigts il se rétracta aussitôt et la main resta en l'air, et il vit qu'elle s'était rongé les ongles.

Ce n'est pas bien, dit-il. Tu ne pourras pas jouer de la guitare.

Oh, fit-elle.

Elle était surprise par son commentaire, le ton adulte qu'il avait pris, et elle retira sa main et recommença à enrouler ses cheveux autour de ses doigts.

Tu vas jouer ?

Quoi ? fit-elle distraitement.

Tu vas être engagée pour jouer au pub ?

Je demanderai peut-être demain.

On va vraiment rester ici ?

Quelque temps en tout cas, oui.

J'en ai marre des toasts aux haricots.

Elle roula les yeux avec une grande exagération et dit : C'est nul ici.

Il la regarda, troublé, puis elle lui poussa l'épaule et tous deux sourirent.

Allez, dit-elle, on fait une autre partie.

Le gamin replaça les pièces. Sa mère lui montra comment faire un mat avec le fou et au bout de trois tours il savait le contrer, en utilisant le cavalier qui se déplaçait comme une étrange, inattaquable goutte de sang sur l'échiquier. À mesure que le jeu se déroulait, c'était toujours la seule pièce qu'elle ne prenait pas. Il apprit à protéger ses pions ; à quel moment roquer ; comment former une petite armée devant ses pièces plus puissantes ; garder le doigt sur la pièce avant de prendre une décision.

Il joue aux échecs ?

Je ne sais pas.

Je pourrais lui en parler dans les lettres.

Oui, dit-elle avec une grande tristesse.

Grandma les lui apporterait ?

On verra.

Une pendule tictaquait avec une délibération douloureuse sur une petite étagère au-dessus du fourneau, et le gamin avait l'impression, à mesure que la soirée avançait, que les tic-tac étaient de plus en plus sonores.

Je parie qu'il est très fort aux échecs.

C'est possible, dit-elle.

Il jouait contre papa ?

Quand ils étaient jeunes, peut-être.

Qui gagnait ?

Je ne sais pas trop, chéri.

Pourquoi ?

Oh ! Kevin, fit-elle.

Je demandais, c'est tout.

Sa mère le laissa gagner une partie et il fut fâché de la facilité. Elle alluma une cigarette et souffla la fumée au-dessus de sa tête. Il mourait d'envie de fumer. Quand elle alla ranger le jeu il tendit la main vers le cendrier, tira une bouffée rapide et souffla la fumée entre ses genoux. Il la chassa pour qu'elle ne voie pas, puis il se leva de la table et enveloppa soigneusement son cavalier rouge dans un morceau de papier d'aluminium pris dans le paquet de cigarettes. Il mit le cavalier à l'arrière du frigo, à l'endroit le plus froid, attrapa une bouteille de lait dans la porte et perça du doigt la capsule de métal doré. Il porta la bouteille à sa bouche et but à longs traits. Sa mère se retourna et le regarda passer sa manche sur sa bouche.

Hé, dis donc.

Quoi ?

Viens m'embrasser.

Elle s'approcha et lui prit les épaules mais d'un mouvement souple il lui échappa et sortit, et il l'entendit soupirer derrière lui. Elle l'appela, il ne se retourna pas. Elle vint au seuil de la caravane, le regardant disparaître dans la nuit où une légère pluie tombait. Elle cria encore son nom.

Il tira sa chemise par-dessus sa tête et gagna plus loin un mur de pierre qui courait comme une mauvaise suture vers la mer.

Chez eux, il y avait eu des manifestations. D'immenses foules défilaient, portant des photos, scandant des slogans le long des rues. Il y avait assisté une fois avec sa mère. Elle lui avait tenu la main, il n'avait que douze ans alors et ça pouvait aller. Il sentait sa nervosité et elle gardait la tête baissée en marchant, les yeux sur ses pieds. Un foulard bleu lui cachait à moitié le visage. Quand elle se présenta à une autre femme, elle utilisa son nom de jeune fille. Le gamin la poussa du coude. Elle se pencha et lui dit de se taire ou ils rentreraient tout de suite. Ils avançaient avec la foule, sa mère triste et lasse, lui parlant d'autres marches dans les années soixante. L'espoir les habitait, disait-elle. Il y avait des troubles, bien sûr, mais d'un ordre différent, moins menaçant, plus optimiste. Elle disait qu'à présent les troubles avaient un goût amer.

Personne ne sait même ce que c'est, un droit civil, dit-elle, et sa voix monta comme si le passé venait juste de lui échapper, et qu'elle fût étonnée de sa disparition.

Au bout d'un moment, le gamin ne l'écoutait plus, il marchait simplement, excité. Il adorait le bruit des voix autour de lui et se tenait avec une espèce de bravade. Ses bras se balançaient à ses côtés. Par terre, il trouva une affiche de l'État libre avec une cagoule peinte dessus, de sorte que le pays lui-même avait le visage d'un bandit armé. Il ramassa l'affiche et la brandit jusqu'à ce que le vent la prenne et qu'elle s'envole en arrière au-dessus de la foule. Sa mère allumait nerveusement ses cigarettes. Près du Diamant, le bruit commença à courir que, plus loin, des bombes à essence étaient jetées dans les ruelles. Le gamin sentit un picotement généreux dans ses doigts à l'idée du feu dans la ville, mais sa mère le prit par le coude et ils rentrèrent aussitôt chez eux. Elle le traînait, et le bout de ses chaussures se déchira presque sur le trottoir.

Il avait essayé de résister, et pour la première fois de sa vie elle l'avait giflé, légèrement, sur la joue. Ils étaient devant une boucherie. Elle avait été incendiée quelques jours plus tôt ; deux ou trois carcasses calcinées pendaient encore à des crochets. Le gamin fixait la viande par-dessus l'épaule de sa mère. Comme la gifle lui brûlait toujours la joue, il s'était mis à pleurer et ils avaient suivi les rues ensemble, le bras de sa mère autour de ses épaules.

Chez eux, dans Casement Row, elle ferma la porte à clé, éteignit les lumières, puis mit une couette à tremper dans la baignoire comme elle le faisait toujours, au cas où.

Ils s'assirent dans le noir pour écouter les bruits de la rue.

Il reconnaissait un Saracen anglais rien qu'à la façon dont les roues résonnaient sur le goudron. Ou la direction d'un hélicoptère selon les vitres qui vibraient le plus, celles de devant ou de derrière. Il arrachait le rembourrage qui sortait du bras du canapé et crachait secrètement l'éponge jaune à travers la pièce. Des garçons de son âge étaient dehors à lancer des pierres. Il avait mis au point une mine renfrognée pour le bénéfice de sa mère, qui consistait à lever le coin gauche de la lèvre en plissant la joue. Cette expression s'accentua à mesure que les émeutes continuaient, semaine après semaine.

Il y avait toutes sortes de discussions à la radio, et les représentants de ceux qui participaient au mouvement des couvertures commençaient à parler d'une grève de la faim. Décriminalisation, remise de peine, ségrégation, intransigeance, statut politique. Les mots tourbillonnaient dans la tête du gamin.

Dieu, se disait-il, devait être un salaud perfide et retors pour avoir donné aux gens des mots différents pour les choses normales.

Ils avaient une statue du bienheureux saint Martin de Porrès sur la cheminée. Sa mère l'aimait, plaisantait-elle, parce qu'il ressemblait à Al Jolson. Quand la grève de la faim commença, elle la prit et le gamin lui demanda pourquoi mais elle ne répondit pas. Il pensa que c'était peut-être à cause de la musique. Elle chantait dans un bistrot du centre de la ville. Au plus fort des émeutes, elle l'emmenait au bistrot et l'asseyait sur un tabouret près du piano, où il faisait ses devoirs. Le restaurant était calme et elle lui payait des tas de cocas. Elle chantait, de sept heures à dix heures du soir, des chansons d'amour qui ne parlaient pas de politique. Elle avait une belle voix et parfois il pensait que toutes les cigarettes qu'elle fumait la rendaient encore plus belle. À la fin de chaque morceau il voyait les clients chuchoter. Ils avaient l'air de conspirateurs. Ils ne parlaient pas fort et ne s'appelaient pas par leur prénom pour ne pas donner de pistes. Ils se courbaient sur leurs assiettes. Il semblait au gamin que même la nourriture était assiégée.

À la fin de la soirée, elle chantait toujours une chanson qui parlait d'emporter son amour à travers l'océan, mais il était trop large, elle ne savait pas nager, et elle n'avait pas d'ailes pour voler.

Chaque soir, ils prenaient un taxi pour rentrer et il la regardait dans la cuisine, les yeux fixés sur la porte de derrière, une tasse de thé tremblant dans sa main, de la fumée s'élevant du mégot posé sur le bord de la soucoupe.

Elle s'entraînait à se déplacer en chemise de nuit dans l'obscurité de la maison, en commençant par la cuisine, puis le long du couloir, les yeux fermés. Elle touchait le paillasson des orteils, tendait la main pour vérifier le verrou de la porte, faisait demi-tour, grimpait l'escalier sans tenir la rampe, toujours à l'aveuglette pour apprendre la configuration de la maison, elle suivait le palier, entrait dans la salle de bains où elle sortait la couette du séchoir. Puis elle s'agenouillait près de la baignoire pour faire couler l'eau, les yeux toujours fermés, les deux robinets grands ouverts. Elle plongeait la couette dans l'eau et finalement elle emportait la masse dégoulinante au pied de l'escalier et la posait au bas de la porte, au cas où la rue prendrait feu.

Toujours cette étrange association. Dehors, l'arc de couleur. À l'intérieur, la couette trempée.

Le gamin tâcha de délimiter une cellule dans la caravane, une fenêtre, un lit, un broc d'eau, une lumière fluorescente, une chaise, un seau de tôle galvanisée comme pot de chambre. Il resta dans cet espace, sans en franchir les limites, affamé pendant trois heures avant qu'elle revienne – le visage rouge de boisson, pensa-t-il – en apportant des provisions : des saucisses, des œufs, du fromage, du boudin, trois pains frais.

J'ai eu le travail.

Tu as eu des nouvelles ?

Deux soirs par semaine.

Des nouvelles, maman ?

Ce n'est pas formidable ?

Maman.

Elle s'assit à la table, alluma une cigarette et regarda la cendre rougeoyer et se friper. Le premier jour, il est allé voir le médecin, dit-elle. Ils l'ont pesé, ils ont pris sa tension et tout. Ils lui ont donné un distributeur d'eau réfrigérée et des comprimés de sel et ils l'ont mis seul dans une cellule.

Des comprimés de sel ?

Je crois qu'il en a besoin pour…

Le sel n'est pas une sorte de nourriture ?

Je ne sais pas, chéri. Je ne crois pas.

Combien d'eau il boit ?

Un ou deux litres par jour, je suppose.

Combien de poids il a perdu ?

Oh ! là, là ! je ne sais pas, une livre peut-être, chéri. Peut-être plus.

Le gamin réfléchit à ça un moment puis demanda : Il va bien ?

Très bien, je crois. Mais ils mettent de la nourriture près de son lit.

Ils quoi ?

Ils mettent de la nourriture dans sa cellule au cas où. Ils la laissent près de son lit. Sur un petit plateau roulant. Il paraît qu'elle est meilleure que celle qu'ils lui donnaient avant. Et ils comptent chaque frite, chaque petit pois.

Les salauds, dit le gamin, et il fut ravi qu'elle ne le reprenne pas.

Grandma est allée le voir ? demanda-t-il.

Les visites sont interdites. Il y a un prêtre dans la prison, il lui téléphone le soir pour lui raconter tout ce qui se passe. Et d'autres restent en contact avec elle, aussi. Il y a des mots, ils écrivent des mots sur des bouts de papier à cigarette et ils les font passer à l'extérieur.

Ils doivent écrire tout petiot, dis donc.

Elle eut un petit rire et finit sa cigarette. Il remarqua qu'elle les fumait plus loin qu'avant, tirait dessus jusqu'au filtre, brûlait tout le papier, et que ses doigts étaient de plus en plus jaunes.

Il m'en écrira un ?

On ne sait jamais, mais il est sûrement épuisé.

On pourra y aller quand il y aura des visites ?

On verra.

Une pensée lui vint et il demanda : Combien il pèse ?

Étonnée, elle dit : Aucune idée, chéri.

À peu près ?

Je ne sais pas, chéri. Je ne l'ai pas vu depuis, oh ! je ne sais pas combien d'années. La dernière fois, c'était quand on s'est mariés, ton père et moi, il plaçait les gens à l'église. Il était superbe, en costume et nœud papillon. Mais maintenant, oh ! je n'en ai pas la moindre idée.

À peu près, maman.

Elle fronça les sourcils : Dans les quatre-vingt-dix kilos, mais tu ne devrais pas penser à ça, chéri, ça va aller pour lui, ne pense pas comme ça, ce n'est pas bon.

Pourquoi ?

Oh ! écoute, chéri.

Écoute quoi ?

Jeune homme. Ne me pousse pas à bout, s'il te plaît...

Tu as dit écoute.

J'ai dit assez.

Pardon ?

Assez ! cria-t-elle.

Assez de quoi ? dit-il doucement.

Elle abattit son poing sur la table et ce fut le silence.

Il retourna dans son espace, s'allongea sur le mince matelas jaune et, les bras derrière la tête, les yeux fixés au plafond, il s'imagina dans le corps de son oncle, les jointures serrées, blanchies, sur le montant du lit. Les couteaux et les fourchettes cognaient contre un tuyau de chauffage, bruit de bottes sur une passerelle métallique, provocations des matons, les hélicoptères volaient au-dessus des barbelés derrière la fenêtre, des bougies clignotaient dans une manifestation silencieuse devant la porte, la lumière faiblissait lentement, le chant des prières, le premier petit grondement poignant de l'estomac. Une assiette de cabillaud apparut sur une table à côté de lui, avec une tranche de citron et une grosse pile de frites. Une tarte aux pommes et de la glace. Des sachets de sucre pour le thé. Du lait en minuscules petits cartons. Le tout soigneusement disposé auprès du lit pour exercer le maximum de tentation. Un cri monta d'une cellule lointaine et d'autres rugissements commencèrent à se propager dans la prison. Un maton approchait, disait-on. D'une cellule voisine, quelqu'un passa une cigarette au gamin, la faisant voyager sur du fil de pêche, elle s'arrêta à quelques centimètres de la cellule, il se mit à genoux et utilisa une page de la Bible pour la tirer sous la porte. La cigarette, roulée, était juste assez fine pour passer. Il se rallongea et l'alluma – en frottant l'allumette sur l'ongle de son pouce –, il aspira longuement la fumée dans ses poumons, fit des ronds en l'air contre le plafond, mais à ce moment sa mère franchit les limites de sa cellule pour venir près de son lit.

Très bien, jeune homme, dit-elle. Si tu es sage, j'ai quelque chose de bon pour toi.

Elle l'amena à la table en formica où elle avait préparé tout un repas. D'abord il le repoussa, mais ensuite il piqua les saucisses et brisa le jaune des œufs où il trempa le pain frais, et mangea avec une colère qui lui fit mal à l'estomac. Quand il regarda son assiette vide il l'imagina pleine, alors il jeta dessus sa couverture de prison, il gémit et s'efforça de calmer la douleur de la faim et tous les frissons silencieux, nécessaires.

Rangés dans un carnet en colonnes parallèles :

Jour un	147 livres	66,8 kg
Jour deux	146 livres	66,36 kg
Jour trois	144,9 livres	65,86 kg
Jour quatre	143,9 livres	65,4 kg

À table, il regardait les plats, poussait la nourriture dans son assiette. Chaque jour on annonçait une conciliation imminente, mais les négociations échouaient toujours et même les présentateurs de radio paraissaient excédés. Il ne comprenait pas les dessins humoristiques des journaux. Il essayait de lire les éditoriaux et le mot *avancée* devint ambigu pour lui.

Il se rappela un hiver, des années avant, à Derry, où le dégel avait mis au jour la carcasse en putréfaction d'un lévrier oublié. Quand le soleil avait commencé à briller la puanteur s'était élevée.

Il décida qu'il ne prendrait pas de nourriture. À un moment où sa mère ne regardait pas, il jeta le poulet et le riz de son assiette et se contenta d'eau. Il se rallongea sur son lit et essaya de former un manifeste dans son esprit – il ne mangerait pas tant qu'on n'aurait pas accédé à toutes les exigences de son oncle : le droit de porter ses propres habits, de recevoir des colis et des visites, le rétablissement des remises de peine, l'exemption du travail de prison, la liberté d'association. Il ne comprenait pas toutes les demandes mais il les chuchotait quand même tout haut la nuit en combattant ses crampes d'estomac. Il se réveilla la bouche sèche.

Au petit déjeuner il emporta ses corn flakes à l'extérieur et les jeta dans les hautes herbes.

Sur son lit, cet après-midi-là, il étira le torse et trouva que son ventre devenait plat. Le gamin cherchait des indices du corps de son oncle dans le sien : la poitrine concave, les côtes saillantes, les bras nus dont les muscles affleuraient. Sa mère le surprit à se regarder dans le miroir mais elle ne dit rien. Il partit brusquement, erra au pied de la falaise et passa des heures dans une Vauxhall abandonnée près d'une crique. Il s'assit au volant face au pare-brise fracassé et prit des routes de campagne étroites en direction de la ville pour rentrer chez lui. Le levier de vitesses ferraillait entre ses doigts. L'accélérateur touchait le plancher, il maîtrisait parfaitement l'embrayage. Il franchissait les barrages, échappait à un hélicoptère noir. Une bande d'hommes masqués l'attendait au bord de la route. Il les embarqua, et ils voyagèrent vers la prison à l'est pour leur propre avancée.

Au dîner il demanda s'il pouvait manger seul dehors, et quand sa mère eut accepté il sortit, la tête brumeuse, une pulsation sourde dans l'estomac à présent. Il jeta le contenu de son assiette dans l'herbe à côté des corn flakes du matin, déjà en partie mangés par les mouettes.

La fille se tenait au-dessus de la bassine, attendant que l'huile chauffe. Elle avait un joli visage et il fut gêné quand elle le regarda une deuxième fois. Dehors les cloches de l'église sonnèrent onze coups. Il faisait la grève de la faim depuis trente-quatre heures à présent. Une photo de l'équipe italienne de football était accrochée au-dessus des étalages de bonbons. La statue d'un saint était scotchée sur la caisse. Il avait les paumes en sueur et faisait passer les pièces d'une main à l'autre. Tu es le premier client du matin, lui dit-elle. Il hocha la tête et regarda son reflet dans la façade en inox du comptoir. Son visage y était tantôt gros, tantôt maigre. Il se dressa sur la pointe des pieds et se laissa retomber, plissa violemment les traits, puis cessa quand la fille derrière le comptoir pouffa de rire.

Quand il sortit enfin de la boutique de *fish and chips*, il pleurait, le vinaigre si piquant que par la suite il le sentit sur ses mains pendant des jours.

Jour huit	140,1 livres	63,68 kg
Jour neuf	139,3 livres	63,32 kg
Jour dix	138,6 livres	63 tout rond

Le kayak était sorti de bonne heure. Il vit le vieux couple sillonner gracieusement l'eau et à ce moment il les détesta pour leur joie solitaire, pour leur façon de pagayer en cadence, de connaître les mouvements de l'autre, sans parler, il en était sûr.

Il se sentait comme un tireur isolé à l'aube, perché sur la falaise.

Ils étaient à une centaine de mètres du rivage et suivaient le promontoire. Les vagues balançaient le bateau avec le rythme unique d'un moniteur cardiaque. Plus loin, elles étaient courtes, mais le kayak ne déviait jamais de sa course, les pagaies fendaient l'air, la proue de biais contre les crêtes. Il était d'un jaune éclatant sur l'eau, comme si la mer avait décidé de lui donner plus de couleur qu'il n'en méritait, et seul le vieux couple, dans ses habits ternes, estompait cette couleur, l'homme en chemise de chantier bleue, la femme en robe grise.

Bang, bang, se dit le gamin.

Sur la marche de la caravane sa mère le surveillait du coin de l'œil. Il avait été sérieusement constipé après sa grève de la faim mais il ne lui avait pas expliqué pourquoi. Elle lui avait donné un médicament qui l'avait fait vomir, mais à présent il se sentait beaucoup mieux, la rassura-t-il, il aimerait faire un tour en ville.

Elle plongea la main au fond de la poche de son jean et en ramena une pièce de cinquante pence.

Cinquante pence ?

Oui.

Qu'est-ce que je vais faire de cinquante pence ?

T'attirer moitié moins d'ennuis qu'avec une livre.

Il rit.

Bon d'accord !

Il descendit la côte en courant, fouettant les ronces avec une baguette. Au pied de la colline la fraîcheur du matin d'été traversa sa chemise, et il serra ses bras autour de lui.

Sur l'eau, le kayak était devenu une tache minuscule.

En ville, il vit au fond d'une ruelle des garçons plus grands que lui et il les épia d'une fenêtre de la salle de jeux, sous la lumière palpitante d'une enseigne bleue au néon. Eux aussi portaient des pantalons noirs étroits et des chemises blanches, mais leurs cheveux étaient plus courts et ils avaient des pattes. Il sourit en voyant qu'ils portaient des brassards noirs. Il avait envie de sortir pour leur dire que son oncle faisait la grève de la faim – ils le regarderaient avec respect, ils seraient impressionnés, ils sauraient qu'il était un homme, un vrai. Ils partageraient leurs cigarettes avec lui et lui donneraient un surnom. Il leur montrerait son couteau et leur raconterait qu'un jour il avait découpé un soldat du cou à l'estomac, comme on éventre un cerf.

L'un des adolescents jeta un coup d'œil furtif autour de lui et le gamin fut étonné de le voir porter un sac de colle à sa bouche.

Il se détourna aussitôt et mit ses cinquante pence dans la machine. Elle s'alluma. Il joua, une goutte de sueur perlant sur son front, mais les ados dans la ruelle gardaient leur visage contre le sac en plastique. Il se demanda quel effet ça faisait de se défoncer. Au pays, il n'avait jamais vu aucun de ses copains prendre de la drogue – une fois il y avait eu une revendeuse dans la maison voisine et elle s'était retrouvée avec des balles dans les deux genoux. Il l'écoutait venir dans la rue, ses béquilles frappant le sol, langage métallique aigu. Tard le soir quand elle mettait de la musique, il entendait la béquille taper en mesure sur le plancher, mais quand elle recommença à dealer les miliciens enfoncèrent sa porte, lui mirent deux balles dans les coudes, deux autres dans les chevilles pour faire bonne mesure, après quoi elle disparut complètement.

On disait qu'elle était partie en Angleterre où elle dealait en fauteuil roulant.

Il jeta un nouveau coup d'œil dans la ruelle.

Ils respiraient le sac, qu'il voyait battre comme un étrange cœur gris. Entre deux bouffées de colle ils fumaient des cigarettes. L'un d'eux laissa nonchalamment une cigarette allumée derrière son oreille et la fumée s'éleva en volutes au-dessus de lui.

Le gamin tapota ses poches et se maudit d'avoir dépensé tout son argent dans un seul jeu, mais il contrôla la machine pendant deux heures, jusqu'à ce qu'il ait mal aux doigts, et quand il regarda de nouveau dans la ruelle les jeunes étaient partis. Par terre gisait un cercle de mégots et une flaque de vomi. Tout au bout de la ruelle un graffiti disait : FAITES SAUTER LE BLOC H. Plus loin, il lut : BOBBY SANDS, ÉLU DU PEUPLE, ÉLU DE DIEU. Il salua l'inscription et regretta de ne pas avoir de bombe de peinture pour pouvoir écrire le nom de son oncle en hautes lettres dans toute la ville.

La mer projetait des vagues sur la plage, et sur l'eau il vit des bateaux de pêche. L'un d'eux arborait un drapeau noir et le tricolore irlandais en toute promiscuité au-dessus de sa cabine. Le gamin courut au bord de l'eau et fit signe au bateau, il n'y eut pas de réponse. Il marcha en sifflant le long du ruban de sable dur.

Bien joué ! dit-il au bateau qui disparaissait.

Il retira ses chaussures et joua avec l'eau, la défiant de lui mouiller les orteils. Le sable froid s'enfonçait en gargouillant autour de ses pieds.

Il s'aperçut qu'il riait mais ne savait pas trop s'il devait s'amuser dans cette ville étrange, sur cette plage étrange, dans cette solitude étrange.

Il entra plus loin et la mer lui monta aux chevilles. Il souleva une gerbe d'eau et les gouttelettes formèrent des figures et des paraboles dans l'air. À l'école, les mathématiques étaient la seule matière qu'il aimait, bien qu'il ne l'eût dit à personne, et à présent il se demandait s'il pourrait jamais tracer l'arc d'une gouttelette d'eau. Ce serait un curieux graphique, pensa-t-il, capté dans un millième de seconde, du bout d'un axe à l'autre. Il pourrait créer une formule sur le mouvement de l'eau et elle ne serait déchiffrable que pour lui.

La mer n'était plus froide et au bout d'un moment il courait sur le sable, donnant de furieux coups de pied et riant, et la mer elle-même semblait condamnée à accepter sa joie.

Il cria aux vagues : Amenez-vous, allez, amenez-vous ! Il était trempé jusqu'aux genoux et courait au bord de la plage vide comme un cheval pie, les pieds hauts et le cou tendu, puis il s'arrêta brusquement et se sentit rougir.

Trois filles, assises sur la digue, balançaient leurs jambes dans le vide. Elles se chuchotaient un secret à son sujet, il le savait. Il marcha le long de la plage la tête baissée sur la poitrine, et fit encore un petit saut juste au cas où elles regarderaient.

Il grimpa sur la digue et, hors de leur vue, il s'assit sur les rochers, sortit un mégot de sa poche de chemise et le mit à sécher au soleil.

Au bout d'un moment il les vit partir sur le sable, où elles s'assirent ensemble et partagèrent un cornet de glace. L'une des filles se leva et retira son pull rouge. Elle avait les cheveux courts, blonds, ses seins pointaient sous un chemisier blanc. Quand elle mit les bras derrière la tête pour s'étirer il eut une érection. Il disparut à l'abri d'un gros rocher et, baissant sa fermeture, il berça la longueur de son pénis dans sa main. Tout en se masturbant il regardait la fille s'étirer encore, creuser des orteils une ligne dans le sable. Il riva ses yeux sur son dos, et quand elle se tortilla de nouveau, les bras derrière la tête, il mit son autre main en coupe. Il ferma les yeux, se mordit la lèvre, et lorsqu'il eut fini il rangea son pénis, décochant un regard autour de lui.

Le vieux couple ramenait le kayak vers la digue. Courbés sous l'effort, occupés à pagayer, ils ne l'avaient pas vu, mais le gamin se sentit tout de même honteux en essuyant sa main sur un rocher. Il prit une petite pierre et la lança. Elle décrivit un arc dans l'air et toucha l'eau à une dizaine de mètres du kayak, se posant en douceur, et le vieil homme se retourna, intrigué.

Va chier, murmura le gamin.

Elle était sur les marches de la caravane, un petit miroir à la main. Un tube de rouge à lèvres contre la bouche, elle passait la langue sur ses dents. Elle était belle et ça le mit en colère, il avait envie de lui dire d'essuyer le rouge, mais il savait qu'elle se préparait seulement pour le pub. Elle se pencherait de façon séduisante sur le micro et sa chanson parlerait de femmes qui relèvent leurs cheveux avec des rubans de velours.

Maman. Je veux porter un brassard noir, dit-il, debout sur la marche.

Ah, ne commence pas, pas maintenant, s'il te plaît. Non.

Et pourquoi pas ?

Parce que j'ai dit non.

J'en veux un.

Écoute ta mère, s'il te plaît, et quand je dis non…

J'ai vu des garçons qui en portaient en ville.

Tu n'en as pas besoin.

J'ai vu des jolies p'tiotes aussi.

Il avait exagéré le mot et elle baissa la tête vers le miroir, toucha le verre de l'index comme si la réponse y était écrite.

Non, dit-elle, et dans ce seul mot son accent était à présent distinctement du Sud, comme si elle avait changé de lieu de naissance.

Le gamin marmonna tout bas et entra dans la caravane en la bousculant, et à ce moment il vit la radio portative entourée d'un ruban bleu sur la table de cuisine.

Sa mère vint sur le seuil et se tint dans un manteau de lumière.

J'ai pensé que tu n'aimerais pas jouer aux échecs tout seul, dit-elle. J'ai voulu te donner un petit quelque chose. Un cadeau. Pour quand je vais travailler. Tu trouveras peut-être une station pirate ?

Le gamin prit la radio, tourna le bouton et de

la musique éraillée en sortit. Il la mit contre son oreille et commença à se balancer.

Quand on était jeunes, ton père et moi, on est allés à Portrush pour les vacances et la chambre avait une radio, dit-elle. On écoutait une station appelée Radio Luxembourg. Parfois la réception était mauvaise et ton père prenait le poste et marchait dans la pièce, et je croyais que la musique venait de lui…

Papa avait une radio quand il était jeune ?

Bien sûr, ton papa a été le premier garçon de Derry à écouter les Rolling Stones.

C'est ceux qui chantent *I can't Get No Satisfaction*.

Oui, c'est ça.

Quelle musique il aimait, mon oncle ?

Sûrement les mêmes choses, dit-elle, puis elle hésita un moment, regarda le gamin, et ajouta : Il devait avoir une radio aussi.

Comme celle-ci ?

Peut-être, qui sait.

Avec une antenne et tout ?

C'est possible. Il écoutait sans doute les mêmes chansons que ton papa. *Brown Sugar. Honky-Tonk Woman.* C'était une grande époque pour la musique, tu sais.

Oui. Merci, maman.

Elle te plaît ?

Oh, oui. Elle tombe à pic. Je l'adore.

C'est pour que tu ne te sentes pas seul ici.

Il tourna le bouton de haut en bas, reçut surtout de faibles échos, à part une station de radio gaélique, claire et étrangère.

Il rejeta ses cheveux en arrière puis dit : Maman ?

Quoi, chéri ?

Je veux quand même porter un brassard noir.

Elle secoua la tête.

Avec toi, le pape aurait des palpitations, dit-elle.

Une idée lui vint, et juste au moment où elle sortait il lui demanda quelle était la tension de son oncle.

Je n'en ai aucune idée. Pourquoi je saurais ça ?

C'est par curiosité.

Tu es un drôle de gamin des fois.

C'est quoi, la tension normale ?

Bien trop haute quand tu es dans les parages.

Elle rit.

Sérieusement, maman.

Douze sept, je pense.

Il imagina la barre oblique entre les deux chiffres.

Elle vérifia de nouveau son rouge à lèvres dans le miroir et dit : Profite bien de ta radio. Je rentrerai avant minuit. N'oublie pas de verrouiller la porte.

Comme elle s'éloignait de la caravane il remarqua qu'elle portait un pantalon très étroit. L'étui de sa guitare se balançait à côté d'elle. Il était couvert d'autocollants de tout le pays, et il pensait souvent qu'elle avait l'air de porter un atlas : Dublin, Belfast, Limerick, Cork. Son blouson en cuir lui aussi semblait avoir fait un long voyage. Il y avait des années, son père et elle avaient sillonné le pays dans un Bedford avec trois ou quatre autres musiciens. Son père était le machiniste du groupe, il avait construit des socles en bois pour les haut-parleurs. Mais l'époque des tournées était finie depuis longtemps, et son père était mort depuis des années, tué dans un accident de la circulation, à Kildare. Le pneu avant droit avait éclaté, il avait perdu le contrôle de sa voiture. Le gamin avait sept ans alors. Il essaya de se rappeler l'enterrement mais il en fut incapable ; tout ce qu'il revoyait c'étaient des silhouettes sombres, une boîte sur les épaules, et plus tard il s'était penché dessus et l'avait embrassée avant qu'elle aille à l'arrière du corbillard.

Serrant la radio contre lui, il regarda sa mère partir.

Elle prenait soin de marcher sur le côté du sentier boueux qui s'éloignait en serpentant du promontoire. Ses pieds laissaient des empreintes et l'herbe se couchait comme si elle gardait son souvenir et celui de tous les endroits où elle avait été.

Quand elle eut tout à fait disparu, le gamin alla prendre un vieux tee-shirt noir dans son sac. Il en déchira une bande et l'attacha haut sur son bras, comme un large tatouage. Lorsqu'il contractait ses muscles, le brassard le serrait ; il étudia un moment son reflet dans la fenêtre.

Tu as de l'allure, mon vieux.

Ouais, ça va.

Tu es en forme.

Ouais, c'est vrai.

Tu pourrais casser la gueule à quelqu'un.

Je pourrais bien.

Une bonne raclée. Tu as ce qu'il faut dans le ventre. C'est certain.

Bien sûr que oui.

Il remit la radio contre son oreille et se déplaça dans la caravane sans dépasser les limites de sa cellule. Pour en faire le tour il ne lui fallait que sept pas. Il remarqua que la réception était meilleure à la fenêtre qui donnait sur la mer et il y resta, écoutant un air de David Bowie, faible et lointain, sur lequel il se mit à chanter. Il y avait des radios dans la prison, avait-il entendu dire, des petits postes à quartz. Les pièces étaient introduites en fraude et les prisonniers les planquaient, les cachaient dans leur barbe, sous leur aisselle, au creux de leur coude, dans leur cul même. Ils les assemblaient dans leur cellule, et parfois ils obtenaient une meilleure réception quand ils mettaient les cristaux dans leur bouche et se penchaient tout près des fenêtres. Tout leur corps devenait alors la nouvelle de ce qui leur arrivait.

Le gamin déploya l'antenne de sa radio. Il la mit à sa bouche. Le son ne changea pas.

Il resta debout à regarder la mer. La chanson de Bowie s'estompait. Le soleil partit très vite en touchant l'horizon. Les couleurs saignèrent et disparurent dans le ciel, et l'ombre l'envahit. La nuit ne tombe pas, pensa-t-il en se balançant sur la musique, elle s'élève du fond de la mer et se met à respirer autour de nous.

Jour douze	136 livres	61,8 kg	12/7
Jour treize	135,2	61,45	?

Il remuait dans son sommeil. Il tourna son visage vers le mur, honteux, quand elle apporta son sac de couchage sur son lit et se glissa près de lui, disant qu'elle l'avait entendu s'agiter. On sentait qu'elle venait du pub – fumée de cigarette dans les cheveux, voix rauque d'avoir chanté –, et le gamin se demanda si elle s'était amusée, en espérant que non, il ne pouvait supporter l'idée qu'elle ait ri.

Il sentait le sang battre dans les veines de son bras et il desserra furtivement la bande de tissu noir. Elle remonta la fermeture de son sac de couchage et lui toucha les cheveux en disant : Tout ira bien.

Le gamin se poussa contre le mur et se mordit la langue.

C'est un bon petit pub, dit-elle. Beaucoup de touristes. Ils ont mis un bocal pour les pourboires et je me suis fait quelques livres. C'est l'un de ces vieux bocaux où on trouvait les bonbons. J'ai posé une livre au fond pour être sûre que tout le monde mettrait des billets, et presque tout le monde l'a fait. C'est drôle, non ? On va finir par aimer ça ici, tu vas voir.

Tu as eu d'autres nouvelles ?

J'ai entendu le téléphone sonner près de la digue tout à l'heure et c'était ta grandma qui nous appelait.

Quand est-ce qu'on aura un vrai téléphone ?

Oh ! un de ces jours.
Qu'est-ce qu'elle a dit ?
Qu'elle t'aimait.
C'est ce qu'elle dit toujours.
Et qu'elle veut que tu sois fort.
Fort, dit-il, sa voix se brisant, haute, puis profonde, et il se demanda s'il était deux personnes différentes en un seul mot, à la fois un garçon et un homme.
Si on fait la grève de la faim, demanda-t-il, notre tension monte ou descend ?
Tu poses de drôles de questions.
Bon, dit-il. Alors, elle monte ou elle descend ?
Je n'en ai aucune idée, répondit sa mère. Je suppose que les deux chiffres fluctuent. Pourquoi tu demandes ?
Euh, sans raison en fait.
Tu es un mystère.
Un bon mystère ?
Oui, un bon mystère, dit-elle en riant.
Je ne veux pas être un mystère.
Alors tu n'en es pas un.
Ah, maman, fit-il, et il se tourna vers le mur.
Il entendit son corps bruisser dans le sac de couchage. Elle essayait de s'installer confortablement. Il se réveilla étonné le matin, inquiet d'avoir réussi à s'endormir, sa mère à côté de lui, la respiration légèrement sifflante.

Sur la plage se dressait un poteau où était accrochée une bouée de sauvetage rouge et blanche. Il y alla tard le soir pendant que sa mère était partie chanter au pub.

La plage était déserte. Des détritus couraient sur le sable, soufflés par le vent. Une vive lumière brillait dans la maison du vieux couple au kayak et le gamin imagina que c'était le poste de sauvetage. Il fit signe à ses camarades et se mit à lancer des pierres contre le poteau. Au début, il manqua la plupart de ses tirs, mais de plus en plus les pierres faisaient de petites encoches dans le bois. Il mit au point des rythmes de tir et le poteau devint un soldat en tenue antiémeutes. La bouée était son bouclier. Le soldat avait un visage de bébé, il parlait avec l'accent de Londres. Le gamin recula, lança une pierre qui toucha les yeux du poteau, et le soldat cria. Du sang coulait de son sourcil et le gamin tournoya et dansa sur le sable, puis exécuta un parfait saut de kung-fu. Il lança une autre pierre, visant le cou cette fois. Il avait entendu dire un jour que c'était l'endroit où le combattant était le moins protégé.

Chez eux, dans le Nord, il n'avait jamais eu le droit de sortir le soir, mais à présent il commençait sa propre émeute sur le sable.

Va te faire foutre ! cria-t-il.

Le soldat s'accroupit, pliant le genou, mais la pierre l'atteignit quand même et le fit basculer en arrière. Les sirènes hurlaient et des bateaux déchargeaient des cocktails Molotov. Le gamin arracha son tee-shirt, l'enroula autour de sa tête en guise de passe-montagne. Il courut, cracha sur le poteau, et quand il se retourna le soldat essaya de le frapper par-derrière, mais il se baissa juste à temps. Il fit volte-face et lui donna un coup de pied au visage, et du sang jaillit du nez.

T'as voulu t'y frotter, hein ? Allez. Debout. Amène-toi.

Au loin, il entendait le bourdonnement familier des Saracen. Il posa le pouce sur le cou du soldat de Londres. Il dit : Rappelle tes gars ou je te tue. Il appuya plus fort. Le soldat hocha docilement la tête et les véhicules battirent en retraite.

Il se mit à fouiller la plage pour trouver des pierres à sa main, et il acquit bientôt une grande précision, fendant l'air avec grâce.

La marée était basse, il prit différentes positions sur la plage, martelant le poteau de pierres. Le poteau devint trois soldats, qui n'en menaient pas large. Il esquiva leurs balles en caoutchouc et les provoqua du haut des toits.

Amenez-vous, fils de putes !

À la fin de sa soirée d'émeute, il marcha vers le poteau, sourit et dit aux soldats qu'un homme devait faire son devoir. Ils n'étaient que des connards de branleurs, ils le savaient ? Les soldats gémissaient, en proie à d'atroces souffrances, et l'un d'eux brûlait lentement à partir des pieds. Le gamin cracha pour éteindre le feu et, avec une grande humanité, il lui laissa la vie.

Dix-sept 134,6 livres 61,18 kg 11/7

Une nuit, il était resté près de la mer jusqu'à près de minuit quand il vit sa mère rentrer du pub, portant sa guitare. Son ombre troubla les cercles de lumière des réverbères puis l'obscurité l'engloutit.

Elle prenait le chemin le plus long, aussi le gamin courut par le raccourci de la colline et arriva à la caravane avant elle.

Sa mère n'apporta pas son sac de couchage pour se coucher à côté de lui cette fois, mais elle vint à son lit, lui embrassa les cheveux, lui dit qu'elle l'aimait, le prit dans ses bras, et il fut gêné par le poids de son étreinte. Il voulait qu'il y ait une odeur de boisson sur elle, ou d'une autre transgression, pour pouvoir s'écarter, mais il ne sentait rien.

C'était le vingt et unième jour et elle lui dit que son oncle avait perdu huit kilos et que la nourriture était toujours posée au pied du lit comme un équinoxe entre la vie et la mort. Il était toujours au bloc cellulaire mais on le transférerait sans doute bientôt à l'hôpital de la prison. On disait que son moral était bon, mais une toux lui déchirait la poitrine et il avait du mal à avaler l'eau. Il lisait des livres pour la première fois depuis des années, de la poésie et une pièce de W. B. Yeats. Quand il ouvrait la fenêtre en plexiglas de sa cellule il entendait les orangistes devant les portes de la prison, jouant sur leurs tambours de Lambeg, et c'était pour lui une lente torture.

Elle lui donna un journal et il se rappela avec étonnement que d'autres gens avaient des vies aussi. Une vieille femme avait été tuée par un soldat qui avait pris son parapluie pour un fusil. Un jeune père avait été abattu en sortant de la maternité. Un funambule venu de France avait brûlé vif alors qu'il marchait sur un fil tendu entre deux immeubles de Derry – un cocktail Molotov l'avait frappé au genou, il avait continué à marcher au milieu des flammes, et finalement il était tombé dans la Foyle, son balancier se perdant dans les eaux sombres. Dans les rues, les émeutes étaient pires que jamais : barricades incendiées, gaz lacrymogènes, balles en caoutchouc, contrôles de police.

On ne parlait toujours pas d'avancée dans les négociations, même si des commissions internationales y participaient à présent ; chacun réclamait une solution, il fallait qu'elle intervienne bientôt, elle était inévitable.

Sa mère dit qu'elle se demandait parfois s'ils n'avaient pas perdu la raison en route, tous ces gens, si bien que le monde entier, devenu fou, était tombé en ruine.

Combien de temps a duré la plus longue grève de la faim ?

Soixante jours et quelques.

Et la plus courte ?

S'il te plaît, Kevin, ne parlons plus de ça.

C'était dans les quarante jours, non ?

Va te coucher. Je t'en prie, mon fils. Je t'en prie.

Je demande seulement.

Et je demande seulement : va te coucher, s'il te plaît.

Il ne trouva pas le sommeil, se leva à quatre heures, marcha sur la pointe des pieds dans la caravane, vola dix-huit livres dans le sac de sa mère et descendit en ville, évitant le cimetière. Les rues étaient silencieuses, inquiétantes. Les étoiles se balançaient comme des lampes au-dessus de lui. Des chauves-souris tarabustaient les réverbères. Il lança des pierres à chacun des trois feux de circulation de la ville et, quand il brisa le verre orange de l'un d'eux, il se mit à courir par les rues, des policiers imaginaires à ses trousses.

L'aube se leva sur les montagnes et la lumière, peu à peu, dessina les contours de la ville.

Il marcha sur la route de la côte jusqu'à ce qu'il réussisse à se faire prendre dans la camionnette d'un fermier. Assis maussade sur le siège, il l'écouta parler d'ensilage. Il disait que le prix de l'ensilage menaçait sérieusement de mettre le gouvernement de l'Irlande à genoux. C'était un problème qu'il ne pouvait ignorer. C'est ce qui lui apportait des votes dans cette partie du monde. Le fermier sentait fortement la boisson. Il faisait grincer les vitesses. Une fois, il posa la main sur le genou du gamin et dit que dans le Nord l'ensilage était un véritable problème, même les unionistes prenaient les armes pour ça.

Le gamin, assis au bord du siège, garda la main sur la poignée de la portière, au cas où, jusqu'à ce que le fermier le dépose au centre de la ville.

Merci, lui dit-il, et à voix basse il marmonna : Espèce de vieux connard.

La ville était en pleine activité. Des cars de tourisme tournaient au coin des rues. Des voitures slalomaient autour de lui. Des boutiques de disques vomissaient de la musique. Sur les poteaux télégraphiques des affichettes disaient : SOUTENEZ LES GRÉVISTES DE LA FAIM ! et à un balcon de Dominick Street flottaient des drapeaux noirs. Le gamin leva le poing en l'air. Les filles portaient des jeans très serrés et il voyait leurs mamelons à travers le tissu de leur tee-shirt. Vous avez mis les phares, chuchota-t-il. Il se plia en deux pour calmer son érection. Plus loin, près d'un passage voûté, il chanta un peu pour un chien errant.

Moi je vais baiser, pas toi.

Diddi-di-aï-dé.

Tu n'es qu'un chien, je suis un homme.

Diddi-di-aï-dé.

À la gare routière il acheta un billet et joua à des jeux vidéo jusqu'à ce qu'on annonce le bus par haut-parleur. Il monta crânement à bord, chantant toujours sa chanson.

Quand le chauffeur parla dans le micro d'une correspondance à Donegal pour Derry, il leva encore le poing en disant : Les Angliches dehors, Moi dedans.

Une demi-heure après le départ, deux policiers montèrent dans le bus. Ils dirent au chauffeur qu'ils cherchaient un jeune fugueur aux yeux noirs qui avait acheté un billet de Galway jusqu'en Irlande du Nord. Il se laissa glisser dans le siège du fond, mais un policier lui toucha l'épaule, se pencha, et dit son nom à voix haute.

Il se mit à pleurer. Ta maman est malade d'inquiétude, dirent-ils. Ils le guidèrent gentiment entre les sièges, sous le regard des autres passagers.

Il leur demanda de déclencher la sirène de la voiture de police quand ils quittèrent la ville de Galway pour rouler le long de la côte, ce qu'ils firent. Assis sur le siège arrière, il souriait, prenant garde qu'ils ne le voient pas.

Vingt-quatre 128,9 livres 58,59 kg 11/6
(Transféré à l'hôpital de la prison.)

À présent elle restait avec lui le soir et elle écrivait des chansons dans un cahier. Il y avait jeté un coup d'œil et remarqué qu'elle avait mis le nom de son père en lettres fleuries, entouré d'un cœur, comme une écolière.

Les chansons parlaient surtout d'amour ; il vit qu'elle aimait beaucoup employer le mot *océan* dans les paroles. Un océan de ci, un océan de ça. Tard le soir le gamin l'entendait fredonner des airs quand elle le croyait endormi.

Il lui avait promis qu'il ne s'enfuirait plus, aussi, vers la fin de la semaine, elle reprit son engagement au pub. C'était leur seul argent, lui dit-elle, et elle avait besoin de pouvoir lui faire confiance. Il jura encore qu'il ne partirait jamais quoi qu'il arrive. Dans la caravane il cherchait des stations sur la radio, chantait avec certaines, s'ennuyait, se retrouvait à imaginer que de belles femmes se présentaient à la porte. Il se masturbait sur son lit et nettoyait avec des mouchoirs en papier. Il s'arrangeait pour qu'elle ne remarque pas les kleenex dans la poubelle. Au bout de quelques jours, il se mit à descendre en ville, où il se perchait sur des fûts gris derrière le bar pour la regarder. Elle chantait les yeux fermés, les lèvres tout près du micro, tenant la guitare contre elle, tapant du pied en mesure. La petite foule de clients semblait assise sous des chapeaux de fumée de cigarette, et le gamin priait pour qu'ils l'applaudissent plus longtemps et mettent dans le bocal de pourboires des billets d'une livre et non pas des pièces.

À la fin de la chanson *Carrickfergus*, un jeune homme envoya un baiser à sa mère et le gamin se dit qu'il aurait dû entrer casser la gueule à ce salaud, mais au lieu de ça il fit demi-tour et montra les dents à un vieux chien-loup attaché derrière le pub. Il gardait son museau à plat sur le sol, et quand le gamin lui jeta une pierre il se leva à contrecœur, plein de méfiance, et boita jusqu'au bout de sa chaîne.

Vingt-sept	127,3 livres	57,8 kg	11/6
Vingt-huit	126,8 livres	57,6 kg	11/7
Vingt-neuf	126,3 livres	57,4 kg	11/6

(Ce soir les salauds ont mis assez de nourriture pour une armée.)

Trente	125,9 livres	57,2 kg	10/7

Le temps s'éclaircit et il y eut des jeux sur la plage. Un étrange bouquet de caleçons de bain et de bikinis. Deux femmes, la jupe relevée, marchaient dans l'eau, et des écheveaux de lumière frappaient les vagues qui se brisaient sur le sable. Un petit enfant jetait en l'air un ballon de couleur. Le camion de glaces jouait ses airs grêles. Les bonnets des nageurs dansaient sur la mer, et plus loin un pétrolier semblait cloué à l'horizon.

Sa mère lui avait acheté un short noir, il l'avait refusé, et maintenant son pantalon lui collait aux mollets. Il aurait voulu l'enlever, mais il se tenait avec nonchalance en haut de la plage tout en se maudissant intérieurement. Il roula ses manches de chemise et remarqua la ligne où le bronzage s'arrêtait sur ses bras.

Le soleil monta et raccourcit son ombre. Il se demanda si elle resterait debout à le regarder s'il se jetait sur le sable.

Sur la plage il vit la fille blonde. Elle était en maillot rouge cette fois, une petite radio contre son oreille. Il l'observa pendant une demi-heure, immobile dans le sable, puis il marcha vers l'eau. Gêné de porter des chaussures il finit par les retirer et les attacher ensemble, il fourra ses chaussettes à l'intérieur et les suspendit à son cou. Le sable lui aspirait les orteils. La fille ne levait pas du tout les yeux vers lui. Elle les ombrageait de son avant-bras et il pensa que s'il avait eu de l'argent il lui aurait acheté des lunettes de soleil. Il s'approcherait et les lui offrirait puis il s'assiérait à côté d'elle. Ils bronzeraient en silence. Bientôt ils s'embrasseraient.

Il se mit à courir le long de la plage, lui jetant des regards par-dessus son épaule, puis il fit demi-tour en arrivant à la digue, grimpa les marches et revint sur ses pas. Il songea à téléphoner à sa grand-mère, mais comme sa mère avait toujours fait le numéro il ne le connaissait pas.

Un vent frais poussait des ordures dans la rue et il passa devant la ruelle où les garçons plus grands respiraient leur colle. Ils l'appelèrent et il se dépêcha de s'éloigner, leur faisant secrètement un doigt.

Amène-toi, dit-il à voix basse.

Pourquoi tu viens pas ?

Allez, viens.

Je vais t'exploser la gueule.

Il se retrouva soudain devant la maison du vieux couple. C'était un pavillon peint à la chaux et des roses fleurissaient dans l'allée. Il paraissait usé, comme s'il avait été rejeté dans une autre décennie, battu par des années de mer. Les encadrements de fenêtres étaient vermoulus. Des ardoises manquaient sur le toit. La barrière trembla quand il la toucha. Il hésita, leva le loquet et fit demi-tour. Il alla à la jetée, s'assit, le dos à une bitte d'amarrage, et fuma une cigarette, puis s'armant de courage il remonta nerveusement l'allée. Le vieil homme ouvrit la porte.

Je peux emprunter le kayak ?

Pardon ?

Si je reste près du rivage ?

Le vieil homme sourit et dit : Attends, s'il te plaît.

L'homme avait un accent étranger, et le gamin fut étonné. Il ne pouvait le situer et un instant il fut horrifié à l'idée que le vieil homme puisse être anglais, mais l'accent n'avait aucun de ces tons. Les Anglais, selon lui, présentaient leurs mots au bout de pinces à sucre. Ils parlaient comme si chaque mot était servi avec des scones et des tasses en porcelaine. Ou bien ils parlaient à la manière des soldats, en roulant les mots avec menace et crainte. Cet accent était différent. Il était rocailleux. Comme s'il y avait eu des pierres dans le larynx du vieil homme.

Celui-ci sortit d'un pas lourd de derrière la maison avec un gilet de sauvetage et fit signe au gamin de venir au coin, où le kayak était posé contre le mur. Il savait, pour l'avoir observé, qu'il faudrait le porter très haut au-dessus de sa tête, et l'homme hocha la tête avec approbation quand il plaça les pagaies en équilibre sur chaque épaule. Ils se faufilèrent entre les rosiers.

C'est léger, dit le gamin, bien que le bateau fût beaucoup plus lourd qu'il ne s'y attendait.

Ils se dirigèrent vers la mer et le vieil homme avait l'air de marcher vers des jours d'autrefois.

À la jetée ils mirent longtemps à ajuster la jupe qui empêcherait l'eau d'entrer dans le bateau, puis l'homme lui tendit le seul gilet de sauvetage en lui disant de l'enfiler et de l'attacher.

Le gamin regarda la blonde en maillot sur la plage et se sentit rougir.

Je n'ai pas besoin de gilet de sauvetage.

Mets-le.

Pourquoi ?

Le vieil homme sourit, et le gamin attacha le gilet.

Je sais nager vous savez.

Je ne t'ai pas demandé si tu savais ou pas.

Bon, d'accord, dit le gamin.

La marée était haute, ils n'avaient pas besoin d'abaisser le bateau avec des cordes. Ils le posèrent sur l'eau et le vieil homme descendit deux barreaux et y monta avec adresse. Il dit que c'était dangereux de lâcher le bateau du quai. En fait c'était de la paresse, il n'aimait pas le porter jusqu'à la plage. Le gamin fut surpris par la difficulté d'embarquer – le vieil homme lui prit le bras pour le guider, mais il était quand même sûr qu'il allait tomber. Il sentait la sueur sous ses aisselles et soudain il fut content d'avoir le gilet. Il mit les mains dans l'eau, elle était très froide.

Le vieil homme lui demanda s'il était prêt, mais avant qu'il puisse répondre le bateau glissait déjà sur l'eau.

Le soleil éclairait la moitié du port et le reste était dans l'ombre des nuages.

Ils parlaient très peu en pagayant près de la digue. Le gamin, à l'avant du kayak, ne voyait pas le visage du vieil homme. Il se demandait si celui-ci s'ennuyait. Le bateau semblait fragile ; il avait l'impression d'être assis à même la surface de l'eau, et ses doigts tremblaient de nervosité. La pagaie était dure à manœuvrer et, même dans les eaux calmes du port, il était sûr que le kayak allait se retourner. Ils pagayèrent plus loin que les nageurs ; il lui semblait que toute la plage les observait. Il se sentait la tête claire, légère et il dut réprimer un sentiment de bonheur. Le vieil homme lui montra comment fendre l'air avec la pagaie, la tourner à mi-vol pour qu'elle coupe obliquement, d'un geste régulier, maîtrisé. Il disait que toutes les bonnes choses se faisaient avec économie. La pale ne devait jamais entrer profondément dans l'eau, sinon elle prendrait trop d'énergie. Et elle ne devait pas trop éclabousser en sortant – en principe, la surface était à peine troublée.

Ne lutte pas contre l'eau, dit le vieil homme. Laisse la mer faire le travail.

Intrigué, le gamin essayait de situer son accent, mais au bout d'un moment, quand il fut plus à l'aise avec la pagaie, il lui demanda d'où il était.

De Lituanie, répondit-il.

De Lituanie ?

Tu sais où c'est ?

Oui.

Mais le gamin ne savait rien de la Lituanie, et quand il finit par le reconnaître ils s'arrêtèrent près d'une bouée, stabilisèrent le kayak, et le gamin se retourna à moitié. Le vieil homme dessina d'un doigt humide une carte de l'URSS sur la bouée, les frontières se dissolvant peu à peu dans la chaleur. Il avait de grosses taches brunes sur la main, le gamin pensa qu'il aurait pu tracer la carte à partir de ces taches. L'homme raconta qu'autrefois il avait été bûcheron dans les forêts de pins près de la frontière polonaise, qu'il avait quitté son pays depuis plus de trente ans à présent et vécu dans différentes parties de l'Europe, subsistant grâce à l'argent d'un parent de New York.

Le gamin se sentait étourdi de la vaste géographie contenue dans le port.

Cet après-midi-là, il apprit à manier la pagaie avec un léger mouvement de torsion pour que la pale frappe pleinement l'eau, à orienter le bateau d'un petit coup du poignet. Ses bras se fatiguaient et ses genoux lui faisaient mal d'être pliés dans l'hiloire. Quand ils rentrèrent au port le vieil homme lui donna une claque sur l'épaule et lui dit : Reviens demain. Tu en apprendras davantage.

Le gamin courut chez lui.

Sa mère l'attendait et au début de la soirée, après le dîner, elle lui parla de son oncle, des comptes rendus qui étaient arrivés par le téléphone de l'embarcadère, et il imagina le pouls qui faiblissait, la sensation de froid, le goût métallique de l'eau, les migraines, les vertiges, puis les douleurs enfin assourdies, les yeux plus profondément enfoncés chaque jour, la baisse de la tension, le crachoir près de la tête, la bile sur l'oreiller.

Il ira jusqu'au bout, dit sa mère.

Il va mourir ?

Il ira jusqu'au bout, répéta-t-elle.

Il tousse encore ?

Oui.

Et ils lui donnent des médicaments ?

Non, il y a du sucre ou des protéines dans les médicaments, il ne peut pas les prendre.

Ils gardent toujours la nourriture près de son lit ?

Eh oui.

Les salauds ! dit-il.

Le terme la fit hésiter, une réponse tremblant sur ses lèvres, mais elle ne dit rien. Plus tard elle se mit à genoux pour prier.

Salauds, murmura-t-il encore avant de s'endormir. Il entendit des pleurs étouffés venant de l'endroit où elle était agenouillée.

Le vieil homme l'attendait sur le muret devant la maison, roulant une cigarette avec patience, parsemant régulièrement le papier de tabac. Les os de ses mains, proéminents, rappelaient les nervures d'une coquille Saint-Jacques. Il lécha le papier, le colla lentement et porta la cigarette à ses lèvres. Le gamin avait ses mégots dans sa poche, qu'il avait récupérés dans le cendrier de sa mère, mais il ne voulait pas les allumer devant le vieil homme. Il regarda avec envie la cigarette brûler et grésiller. Deux minces filets de fumée sortaient des narines du vieil homme ; le gamin se pencha pour sentir l'odeur du tabac.

Einam, dit le vieil homme.

Pardon ?

Allons-y.

Je mets la bâche ?

Le vieil homme rit : La jupe. Je te l'ai dit hier. Ça s'appelle une jupe.

Vous voulez que je la mette ?
Oui.
Le gamin regarda derrière son épaule, passa la jupe par-dessus sa tête puis souleva le kayak.
Au lieu de lâcher le bateau de la jetée ils allèrent à la plage, se débarrassèrent de leurs chaussures et de leurs chaussettes et pataugèrent dans l'eau peu profonde. Une pluie fine avait commencé à tomber, la plage était vide. Le gamin monta dans le kayak, le vieil homme resta à côté de lui, de l'eau jusqu'à la taille. Il montra au gamin comment redresser le bateau s'il se retournait, en se repliant vers la coque, en maniant la pagaie sous l'eau et en donnant un coup de hanche pour faire remonter le bateau. C'était très difficile avec un kayak biplace, disait-il, mais c'était bien de s'entraîner. Dans le pire des cas, dit le vieil homme, il pouvait simplement retirer la jupe et s'accrocher au bateau, en espérant que la marée le ramènerait.
Soudain le vieil homme fit basculer le bateau et le gamin tomba à l'eau. Il se débattit en essayant de remonter sa pagaie, mais il en fut incapable. Il tira sur l'avant de la jupe et pendant un moment se démena comme un beau diable, puis il remonta, toussant et crachant. Le vieil homme se pencha et le prit sous les aisselles.
Putain !
Pardon ?
Pourquoi vous avez fait ça ?
Monte dans le bateau.
Je ne peux pas. Putain, je suis trempé.
Monte, dit le vieil homme. Je le tiens.

Putain.

Il toussa, cracha de l'eau de mer, exagérant ses frissons.

Monte, répéta le vieil homme, en penchant patiemment le bateau pour évacuer la plus grande partie de l'eau. Il le fit avec facilité puis stabilisa le bateau et le gamin grimpa de nouveau. Il dut passer la jambe par-dessus bord et se sentit vulnérable et idiot. Son pantalon trempé était lourd. En sentant la main du vieil homme sur ses reins, il se tortilla pour échapper à ce contact. Quand il fut enfin dans le bateau, ses pieds nus touchèrent l'eau restée au fond.

Je gèle, putain.

Le vieil homme ne dit rien.

C'est idiot.

Il fallut un temps fou pour rajuster la jupe et aussitôt le vieil homme bascula le bateau une deuxième fois.

Le gamin n'essaya même pas de redresser le kayak avec sa pagaie. Il tira sur la jupe et ressortit de nouveau en crachotant. Il regarda le vieil homme, repoussa le bateau et jeta la pagaie à sa suite. Il allait retirer la jupe quand l'homme se mit à rire. Le gamin ne comprenait pas. La tête du vieil homme était rejetée en arrière, la bouche ouverte et les yeux fermés.

Pourquoi vous riez ?

Je ris parce que c'est drôle.

Je voudrais vous voir flanqué à l'eau.

C'est vrai ?

Ouais.

Tu es sûr ?

Oh oui.

Le vieil homme se laissa tomber en arrière et il fut submergé une seconde, et sa casquette flotta à la surface. Le gamin récupéra la casquette et la lui tendit quand il reparut. Tous les deux se mirent à rire et le gamin pensa qu'ils devaient former un curieux tableau, lui et le vieil homme, en bordure de plage, trempés et hilares.

Au bout d'un moment le vieil homme se tint le côté et respira lourdement, puis il secoua la tête, mit la main sur l'épaule du gamin, pouffa une dernière fois et dit : Monte dans le bateau.

Bon, d'accord.

Cette fois, dit-il, donne un bon coup de pagaie.

OK.

Et pas de gros mots, s'il te plaît.

Chaque jour ils sortaient dans le bateau, pendant que son oncle s'affaiblissait. Vue de l'eau la ville semblait petite, nichée dans le creux entre les promontoires, bordée par la plage. Au loin les montagnes tordaient les routes à leur guise. Au-delà des montagnes, le ciel était frais, azuré, serein. Toute la scène, pensa le gamin, ressemblait à une carte postale.

Le vieil homme et lui restaient dans le port, allant d'une bouée à l'autre, frôlant parfois de gros bateaux, apprenant à manœuvrer le kayak, à le guider en cercles, à décrire des huit, et une ou deux fois ils surfèrent sur les vagues pour regagner le rivage.

Des oiseaux tournoyaient au-dessus d'eux et parfois le vieil homme faisait mine de leur parler, poussant de curieux cris rauques qui amusaient le gamin.

À l'heure du déjeuner la vieille femme venait sur la digue pour les regarder et leur apporter des sandwiches et du lait. Ils mangeaient ensemble sur le quai, les jambes pendantes au-dessus de l'eau. Il apprit qu'ils s'appelaient Vytis et Rasa. Quand ils parlaient c'était surtout en lituanien mais ça ne gênait pas le gamin ; il avait l'impression d'être dans un autre pays de toute façon, et au bout d'un moment il se mit à reconnaître certains mots qui revenaient constamment entre eux – *berniukas, duoshele, miela, pietus* –, même s'il ne savait pas vraiment ce qu'ils signifiaient. Après le déjeuner ils reprenaient le bateau une heure environ. Le vieil homme ne portait pas de montre mais les cloches des églises lui donnaient l'heure, et parfois il savait quand elles allaient sonner. Il disait qu'il aimait rentrer tôt et que la meilleure chose dans la vie était une bonne sieste, c'était son moment préféré de la journée, tirer les rideaux et s'abandonner à d'étranges rêves.

Pendant que le vieux couple dormait, le gamin lavait au jet le kayak puis regagnait la caravane. Il fouillait souvent dans les poubelles de la ville pour trouver un journal et il consultait l'horoscope – un après-midi il décida que son oncle devait être Scorpion, car le journal disait qu'il y avait des difficultés à présent pour ce signe, mais avec une planète sur le point d'entrer dans une autre sphère, tout se calmerait bientôt.

Sa mère était ravie qu'il fasse du kayak et elle dit que s'il continuait elle augmenterait son argent de poche, pour qu'un jour il puisse acheter son propre bateau. Il prit l'argent qu'elle lui donna et redescendit aussitôt en ville pour tout dépenser dans la salle de jeux.

Le quatrième matin, le vieil homme et lui quittèrent le port, prudents quand ils croisaient des courants convergents, dans le mouvement crénelé des vagues.

Le gamin était excité par la distance qui grandissait entre lui et la ville. Il croassait à l'adresse des mouettes. Plus loin, l'horizon semblait vaste et aplati par un ciel bleu pâle. Ils pagayèrent pendant une heure le dos à la ville, et la mer resta calme.

Pendant qu'ils flottaient, le gamin se retourna à demi dans le kayak.

Je veux vous dire quelque chose, dit-il. Vous voyez ce brassard noir ?

Oui ?

Il bafouilla et s'aperçut que sa gorge se desséchait. Il finit par tout raconter au vieil homme sur son oncle, puis ils pagayèrent encore une heure sans échanger une parole.

Il avait l'impression que tout le port était chargé de sens, que chaque clapotis était éloquent, et tandis que le silence devenait plus lourd il pensa que le Lituanien aurait quelque chose de sage à dire, mais lorsqu'ils amenèrent le kayak vers la digue le vieil homme s'éclaircit simplement la gorge, baissa la voix et dit qu'il était navré, c'était une histoire triste, lui aussi, à son âge, avait été malheureux pour une raison qui n'avait plus d'importance, mais sa joie à présent résidait dans des choses simples qui ne demandaient pas de mémoire.

Trente-cinq	123,4 livres	56,09 kg	10/5
Trente-six	122,9	55,9 kg	11/5

À la messe il fut étonné que des gens plus âgés reconnaissent en sa mère la jeune fille d'autrefois. Ils disaient en souriant qu'elle avait l'air d'une adolescente, ce qui lui donna envie de rentrer sous terre. Il créa un gouffre entre eux en posant le recueil de cantiques sur le siège. Sa mère lui avait fait mettre une chemise propre, bleue à col boutonné, mais exprès il l'avait laissée pendre hors de son pantalon. Pendant le sermon elle essaya de la rentrer, mais il repoussa sa main et elle se contenta de lui sourire.

L'église était neuve, avec de hautes fenêtres, aseptisée.

Quand ils allèrent communier il marcha quelques pas derrière elle. Pour la première fois il entendit vraiment les mots : Ceci est le corps du Christ. Il se demanda si les grévistes de la faim qui étaient déjà morts avaient reçu les derniers sacrements et, si oui, avaient-ils pris du pain avant de mourir ? Il s'aperçut que la question le torturait et il eut la vision d'hommes émaciés marchant dans l'hôpital de la prison avec des pastilles blanches sur la langue, se demandant s'ils devaient les avaler. Le poids du pain leur clouait la langue, aussi ne pouvaient-ils pas poser la question à Dieu. Leurs yeux larmoyaient. Lentement le pain fondait, pénétrait leur salive, et la grève de la faim était interrompue. Un médecin de la prison arrivait, triomphant. Les hommes tombaient à genoux et mouraient quand même de faim.

Il sentit sa mère le pousser du coude et quand il leva les yeux il vit que la messe était finie.

Dehors, le prêtre serrait la main des fidèles. Le gamin attendit sur un muret éloigné pendant que sa mère se faufilait à travers la foule. Il remarqua que le prêtre lui touchait le coude et il dit à voix haute : Sale vicieux.

Ils se firent raccompagner en ville par un homme au visage long, brûlé par le soleil, qui demanda s'ils allaient aux courses de poneys. Sa mère dit non avec une fermeté qui enchanta le gamin.

Ils achetèrent les journaux du dimanche, deux pains et quatre éclairs au chocolat. Comme ils sortaient de la boutique il vit le vieux couple entrer. L'homme et la femme avaient l'air d'avoir travaillé dans leur jardin.

Elle lui fit un clin d'œil et son mari lui tapota la tête, et en s'éloignant de la boutique il sentit le poids délicat de la main du vieil homme.

C'est mon ami, dit-il à sa mère.

Oh, c'est lui ? Il ne sent pas vraiment la rose, dit-elle en riant.

Ça veut dire quoi ?

Je rigole, c'est tout.

Ça veut dire quoi ?

Je plaisante, chéri.

Toi aussi tu sens. Tu sens plus mauvais que lui, tu le sais ?

Écoute, je te fais marcher, c'est tout, chéri. Doucement !

Il fronça les sourcils et se mit à renifler ses propres aisselles tout en traînant derrière elle. Il se souvint de ses pièces d'échecs, et en suivant sa mère il pensa : Que la reine aille se faire foutre, je suis un cavalier.

Dans la caravane ils étalèrent les journaux du dimanche sur la table. Il y avait des photos de son oncle datant de plusieurs années. Il passa ses doigts sur le visage, puis découpa soigneusement les photos. Il mit l'une d'elles dans la poche de sa chemise et colla l'autre au-dessus de son lit. Plus tard, en jouant avec sa mère aux échecs avec les pièces en bois, il tapota la photo dans sa poche et il eut l'impression de toucher les côtes de son oncle. Elles étaient proéminentes, comme celles d'un cheval famélique. Les os faisaient un bruit d'instrument de musique, et quand il enfonça ses doigts plus profondément dans la poche il sentit l'eau clapoter dans le ventre de son oncle.

Dans le cimetière, après la sortie en kayak, il trouva une autre pinte sur la tombe du jeune homme. Celle-ci ne portait pas de traces de rouge à lèvres, mais elle était tachée de bière, des cercles parfaits pour chaque gorgée successive. Il emporta le verre à la maison et elle le lava par inadvertance, y mit des fleurs et le posa sur la table, entre la salière et la poivrière. Les fleurs se balançaient au vent chaque fois que la porte de la caravane s'ouvrait. Au bout d'un moment il se mit à aimer l'idée que le verre soit utilisé, et il se demanda s'il en aurait une petite collection d'ici à la fin de l'été. Un voisin de leur cité avait gardé des balles en caoutchouc, il lisait leur histoire à leurs cicatrices – dans quel mur elles s'étaient écrasées, quelle voiture, quel entrepôt, quelle chair. Plus la marque était profonde, plus la trajectoire avait été courte. C'était une logique simple que le gamin pouvait appliquer au reste des cercles laissés au bord de la pinte.

Trente-huit	121,8 livres	55,37 kg
Trente-neuf	121,4 livres	55,18 kg
Quarante	121 livres	55 kg

(C'est le temps que Jésus passa sans nourriture.)

Quarante et un	120,6 livres	54,81 kg

Dans le miroir de la caravane il eut l'impression de paraître plus vieux, et il repéra un poil sur sa poitrine. Le matin il alla en ville avec une sorte d'audace, la chemise ambitieusement ouverte.

Du bout de la jetée il envoya des baisers aux femmes vêtues des bikinis les plus minuscules. Elles lui répondirent par des signes et l'invitèrent dans leurs chambres et ils firent l'amour interminablement, parfois deux ou trois à la fois – elles aimaient sa façon de parler et elles lui dirent qu'il avait la plus grosse quéquette qu'elles aient jamais vue. Il rit, poussant des cris de joie sur la route le long de la plage, tandis qu'elles criaient qu'elle était énorme, absolument énorme, que leurs maris tous ensemble n'auraient pas trouvé un pénis de cette taille en mettant les leurs bout à bout. Quand le vieil homme sortit de sa maison et lui demanda pourquoi il hurlait, le gamin pâlit et bégaya que ça n'avait pas vraiment d'importance, il criait simplement pour les bateaux de pêche, et le vieil homme lui dit que c'était une occupation comme une autre. Quand il fut assez loin de la maison le gamin se remit à rire et les femmes l'appelèrent de toutes parts.

Elle le surprit un soir, tard, assis sur le mur du cimetière, des ronds de fumée au-dessus de la tête. Elle regarda dans son sac et lui dit de ne plus voler de cigarettes. Il mentit et lui promit d'arrêter.

Ton papa n'a jamais fumé, dit-elle.

Ils s'assirent sur la falaise, sous un ciel qui devenait d'un noir d'encre, et le gamin fut étonné de la voir pleurer bien qu'elle dît que c'était à cause du vent. Elle se souvenait d'une époque, raconta-t-elle, avant que son père et elle se marient. C'étaient les années soixante et ils descendaient du Nord pour camper le week-end dans une cabane en bois abandonnée au bord de la mer, pas très loin de cette ville. La nuit, dans la vieille cabane, ils se faisaient des câlins. Elle le dit en clignant de l'œil et le gamin rit avec elle. Des câlins, répéta-t-elle. Des câlins. Sa mère était debout à présent, animée par le souvenir. Il y avait des pêcheurs dans cette ville, lui dit-elle, et souvent les oiseaux venaient ramasser les entrailles de poisson laissées près des bateaux. Les oiseaux volaient sur le toit de la cabane où ils laissaient tomber les restes, si bien que le toit avait commencé à pourrir et à s'affaisser, et une fois une poutre était tombée. L'air était doux et silencieux durant ces étés, et quand l'automne arrivait, le vent soufflait des feuilles sur eux. Ils restaient dans la cabane, sa mère et son père, à se faire des câlins.

Le visage de son père apparut dans son esprit, de longs cheveux fins qui s'éclaircissaient, des yeux sombres, un nez abrupt. Il avait l'impression qu'en tendant la main il pourrait le toucher.

Elle riait à présent et soudain elle lui parut très jeune, mais au bout d'un moment il parla de son oncle et aussitôt ils se sentirent coupables de rire.

Dis-moi ce que tu sais de lui, demanda-t-il.

Je ne l'ai jamais vraiment connu.

Est-ce que papa l'aimait ?

Quand ils étaient jeunes, oui. Ils travaillaient à la ferme ensemble. Ils s'amusaient bien. Ils rentraient le foin et trayaient les vaches, ils réparaient les murs quand ils en avaient besoin. Elle hésita : Mais plus tard, ils se sont disputés.

À propos de quoi ?

Ton père n'a jamais cru que la guerre était un remède contre la guerre.

Tu vois, dit le gamin, même toi tu dis que c'est une guerre.

Elle fit tourner une boucle autour de son doigt : C'est une guerre, oui, c'est une guerre, déclara-t-elle tristement.

Alors on devrait leur donner ce qu'ils veulent.

On devrait, oui, peut-être.

C'est simple.

Rien n'est simple, mon chéri.

Tu le détestes ?

Bien sûr que non. C'est mon beau-frère.

Je sais que tu le détestes. Je le vois. Tu le détestes. Je le sais.

Ah, chéri.

Il a été piégé.

Allons, écoute…

Dix-huit ans pour des explosifs qu'il n'a jamais utilisés, dit le gamin.

Ce n'est peut-être pas tout ce qu'il a fait.

C'est tout le chef d'accusation. Les explosifs.

C'est vrai, mais on ne sait jamais…

Moi, je sais. C'est un coup monté.

Ça ne me plaît pas plus qu'à toi. Mais d'autres meurent aussi. Des innocents.

Il n'a même pas eu de véritable procès.

Ceux qui sont morts non plus, dit-elle.

Le gamin réfléchit à ça puis il dit : Pourquoi on ne peut pas rentrer chez nous, maman ?

Je croyais que tu aimais cet endroit, maintenant que tu fais du kayak ? Je croyais que tu t'habituais ?

Les vagues battaient la falaise au-dessous d'eux et le gamin cueillit un brin d'herbe, le mit entre ses dents. Il regarda une étoile filante poudroyer dans le ciel au-dessus de lui.

Pourquoi on ne peut pas rentrer ? demanda-t-il encore.

Elle soupira : Parce que je ne veux pas être là pour voir ça.

Eh bien, moi, je veux.

Je ne veux pas que tu le voies, chéri.

Je ne suis pas un enfant.

Ils restèrent assis en silence, puis il lui demanda si son père avait jamais rien fait de mal dans sa vie et elle répondit : Non, jamais, et il sut à la façon dont elle le disait que c'était la vérité.

Un souvenir précis de son père lui revint : il avait tout juste cinq ans. Des bohémiens étaient venus à la porte pour vendre un frigo. Son père était entre deux emplois, ils avaient peu d'argent, et il n'y avait pas de frigo dans la maison. Le lait tournait, les restes moisissaient. Ses parents avaient souvent parlé d'en acheter un et celui-ci était vendu pour presque rien, vingt livres. L'idée du lait froid plaisait au petit.

Son père sortit pour examiner le frigo mais quand il vit des traces de roussi sur la paroi latérale il tourna simplement les talons et dit Non, et ferma la porte au nez des voyageurs. Attentat à la bombe, dit son père à sa mère.

Quarante-quatre   119,4   54,27   10/6
Quarante-c

C'est fini ! criait-elle en montant la colline en courant, c'est fini, c'est fini. Il jeta son carnet en l'air et se précipita dehors. Elle battait l'air des poings. Ses joues étaient colorées. Il l'embrassa, elle le fit tourner et ils tombèrent tous les deux par terre, se débarrassèrent de leurs chaussures, les envoyant voltiger. Ils étaient couchés hors d'haleine dans l'herbe haute, et elle lui dit que les prisonniers avaient publié une déclaration, tout était réglé, il ne restait que des formalités. Elle se leva et dansa sur la citerne de gaz orange derrière la caravane. Je savais que ça finirait ! cria-t-elle. Merci, mon Dieu !

Il lui prit la main, elle sauta de la citerne et ils coururent à travers l'herbe vers les falaises, et elle haletait si fort qu'elle jura d'arrêter les cigarettes pour toujours. Ils dansèrent très haut au-dessus de la mer, levant la jambe et tournoyant. Plus tard, pour dîner, elle prépara un énorme repas de saucisses, de tranches de bacon, de tomates, d'œufs et de pain frit, et pour dessert ils eurent des ice-cream sodas. La glace avait laissé une moustache blanche sur la lèvre de sa mère, il la lui montra dans le miroir et elle rit joyeusement. Elle entama une bouteille de vin et lui permit même de tirer une bouffée à la fin de sa cigarette. Faisant mine d'avoir la tête qui tournait, il tituba dans la caravane.

Tu vas voir ! rugit-il. Tu vas voir ! Ils mirent la radio très fort et ils sortirent, se prirent par les coudes et se mirent à valser, et pendant un moment tout sembla absolument parfait.

Plus tard cette nuit-là – la radio avait annoncé une nouvelle rupture des négociations –, il défit la fermeture de son sac de couchage et se tortilla jusqu'au bout du lit, en s'assurant qu'on ne voyait rien par la fente de son pyjama. Au pied du lit il enfila la chemise blanche de son père et un pull de pêcheur pour se tenir chaud.

Il remplit une casserole d'eau, prit un paquet de pain sur l'étagère au-dessus du fourneau et alla s'asseoir à la table de cuisine. Lentement il déchira les croûtes de chaque tranche et les disposa comme une barrière autour de la table. Il plaça la radio au centre.

Sa mère le regardait de l'autre côté de la caravane. Ses yeux étaient rouges d'avoir encore pleuré.

La seule lumière était celle de la lune, qui avait sauté sur l'appui de fenêtre.

Il mouilla le pain et le pressa pour lui donner à peu près la forme d'un cylindre. Il le pétrit doucement puis serra fort à l'endroit où devait se trouver le cou. Le pain cédait bien. Il semblait accepter le caprice de ses mains.

Il promena ses doigts sur la longueur du cylindre et avec son couteau il grava des nervures au pied. La lame s'enfonçait dans le pain mou. Il aplatit le pied pour qu'il tienne tout seul sur la table. Se penchant à hauteur de regard, il dota la pièce d'une couronne et d'une paire d'yeux qui le regardaient de travers. Il lissa les dernières empreintes de pouce puis il prit un stylo et essaya de remplir les yeux d'encre, mais le pain ne voulait pas en absorber. Il réfléchit un moment et alla au placard où il trouva une boîte de cacao. Mélangeant la poudre avec de l'eau, il forma une pâte.

Il trempa la dent d'une fourchette dans la pâte et en mit une toute petite quantité à la place de l'œil. La teinture brune s'infiltra dans le pain. L'œil paraissait avoir été meurtri dans une bagarre.

Qu'est-ce que c'est ?

C'est la reine.

Elle se redressa dans son sac de couchage : Elle a l'air vraie.

Il la mit dans la paume de sa main et la fit rouler au bout de ses doigts. Il lui avait fallu une heure pour fabriquer la pièce et elle était d'une merveilleuse précision, il aimait avant tout son pied nervuré. Assis à la table, il pensa à son oncle, se demandant si c'était un suicide, si c'était un péché mortel. Mais laisser un homme mourir, c'était sûrement un péché mortel aussi ? La tête lui tournait, il avait la gorge sèche. Il continua à rouler la pièce d'échecs entre ses doigts. À voix basse il maudit son oncle pour sa stupidité, et souhaita qu'il se dépêche de manger un peu, puis se détesta pour avoir pensé des choses pareilles.

Sa mère l'observait encore attentivement, alors il perça les yeux de la reine avec la dent de la fourchette et quand les yeux furent arrachés il se mit à détruire la couronne. Puis il tint la pièce en l'air, se lécha les lèvres et, de façon très théâtrale, il la mangea avec un sourire et une sorte de sauvagerie.

Voilà ce que je pense de la reine, dit-il.

Il mastiqua en regardant sa mère, puis retira les bribes de pain logées entre ses dents. Il avait eu un goût affreux, mouillé. Sa mère se redressa, la tête dans sa main, et son cou parut rouler de côté.

Ne sois pas si furieux, s'il te plaît, dit-elle.

Il alla vers la poubelle cracher le reste du pain.

Je serai furieux autant que je voudrai : c'est ma vie !

Non, s'il te plaît.

Ils le laissent mourir.

Il choisit peut-être de mourir, chéri.

C'est la même chose.

Viens ici, viens dormir.

Je ne veux pas dormir.

Le croquemitaine va te prendre.

Maman, dit-il. J'ai treize ans. Le croquemitaine. Bon sang !

Elle joua avec la fermeture de son sac de couchage, posa la tête sur son oreiller et le regarda écarter sa main sur la table et commencer à planter son couteau dans les espaces entre ses doigts. Le couteau claquait contre le formica.

N'abîme pas la table.

Mais non.

Pourquoi tu ne ranges pas le couteau ?

Il plia la lame.

Que la reine aille se faire foutre ! cria-t-il

soudain, et ce juron le surprit. Que Maggie Thatcher aille se faire foutre ! Qu'ils aillent tous se faire foutre ! Tous des sales cons ! Que les soldats aillent se faire foutre !

Il y eut un silence comme il n'en avait jamais entendu.

Sa mère se redressa dans le lit, sortit ses pieds du sac de couchage et gagna l'autre côté de la caravane. Elle ne le regarda pas en passant, elle alla s'agenouiller près de son propre lit. Il voyait des plis derrière ses genoux. Elle penchait la tête.

Donnez-nous aujourd'hui notre pain quotidien, dit-il méchamment.

Va dormir, jeune homme. Je m'occuperai de toi demain. Tu n'iras nulle part pendant un bout de temps, plus de kayak ni rien.

Il ne bougea pas de la table. Elle acheva ses prières et se mit au lit dans le vaste silence attentif.

Il chuchota encore Que la reine aille se faire foutre, assez fort pour qu'elle l'entende, mais elle avait détourné le visage. Il entendait ses sanglots dans le capuchon du sac de couchage, et il dit à voix haute qu'il regrettait, mais elle ne se retourna pas.

Une demi-heure plus tard, il répéta : Pardon, maman, mais elle s'était endormie.

Il tendit la main et commença à modeler un autre morceau de pain. Les heures s'écoulèrent et le matin venu il avait fabriqué deux équipes d'échecs – l'une blanche, l'autre brun cacao –, il ne manquait que deux pièces.

Au bout de trois jours, il eut de nouveau le droit de sortir et il courut à la maison, mais ne voyant aucun signe du vieux couple dans la pièce de devant, il se glissa vers la fenêtre de côté. L'homme faisait la sieste. Sa femme était assise devant le miroir. Le gamin voyait son reflet. Le verre avait des taches brunes et elle ne cessait d'incliner la tête pour les éviter. Il y avait un creux profond entre les tendons de son cou. Sa peau était parcheminée, ses yeux d'un vert étonnant. Elle retira son peignoir et le gamin baissa la tête, et quand il regarda de nouveau elle avait déjà mis sa chemise de nuit. Elle grimpa dans le lit, se pencha par-dessus le vieil homme pour prendre un livre, et un instant leurs deux corps se fondirent.

Le gamin s'éloigna de la maison et cracha sur le sol à l'endroit où le soleil touchait l'ombre.

Le vent monta de la mer comme s'il cherchait quelqu'un. C'était le cinquante et unième jour et il avait appris qu'un autre gréviste de la faim était gravement malade, et que son oncle à l'hôpital de la prison avait du mal à accommoder, qu'il voyait trouble. Un gardien lui avait proposé des jumelles. On plaisantait sur la minceur des cercueils. À présent son oncle était couché sur une peau de mouton pour protéger sa peau, et on l'avait mis sur un matelas d'eau pour éviter les escarres. Le gamin imaginait à quoi pouvait ressembler son corps : le torse creusé, les bras maigres, l'os iliaque visible à travers son pyjama.

Il était incapable de marcher maintenant, et des infirmiers de la prison le promenaient en fauteuil roulant. Parfois les infirmiers, quoique protestants, lui apportaient du tabac, ce qui ne faisait qu'aggraver sa toux. Son oncle était autorisé à s'asseoir dans la cour de l'hôpital une heure par jour, et malgré le temps chaud il s'enveloppait dans une demi-douzaine de couvertures. Il aimait parier avec les autres, sur quel corbeau par exemple quitterait le premier le barbelé de la prison. Il n'avait pas peur de la mort, avait-il affirmé dans une déclaration, parce que c'était une cause digne de sa vie.

Le gamin commençait à penser que la mort était une chose que seuls les vivants portaient avec eux. Il se souvenait d'un poème de l'école. *Une fois mort on ne meurt plus.* Le vers lui tournait dans la bouche quand il traînait en ville.

Le kayak l'empêchait de penser. Vu de l'eau, le monde était différent. Il y avait du calme dans la répétition. Il sentait ses bras prendre de la force et un petit nœud de muscles durcir à son cou. Son dos lui paraissait tendu, puissant. Même ses genoux ne protestaient plus contre la douleur. Il mesurait la taille de ses biceps au brassard noir qu'il portait.

Le vieux Lituanien le laissa s'asseoir un peu à l'arrière du kayak, d'où presque tout le mouvement était contrôlé, et il fit des erreurs délibérées pour que le gamin les corrige. Le bateau allait à droite et il tirait plus fort à gauche. Le vieil homme se penchait afin que le gamin apprenne à se servir de la pagaie pour redresser le kayak.

Hors du port, ils affrontèrent de biais les courtes vagues causées par le passage d'un hors-bord et pendant un moment ils furent portés par le déferlement jusqu'à ce qu'une nouvelle lame les frappe et que le bateau donne l'impression qu'il allait se retourner, mais le gamin dirigea la proue vers les vagues et le Lituanien hocha la tête avec approbation.

Le gamin sentait qu'il avait réussi à établir un rythme avec le vieil homme, comme si un axe invisible les unissait, faisant pivoter leurs bras en même temps ; ils faisaient partie de la même machinerie, et ensemble ils distançaient toutes les autres machines. Il pensait à des dents s'enclenchant dans l'engrenage de la mer, se rencontrant au bon moment, sans bruit. Ils travaillaient à l'unisson sans que leurs pagaies s'entrechoquent, et le gamin fut frappé par l'idée que l'air entre eux était chargé de mystère.

Arrivés au large, ils revinrent, trouvèrent refuge dans une crique où des phoques aboyaient sur les rochers, cessèrent de pagayer et laissèrent le bateau dériver. L'eau clapotait doucement contre la coque et les phoques aboyaient plus loin sur le rivage.

Le vieil homme fuma, et quand il eut fini sa cigarette le gamin récupéra secrètement le mégot dans l'eau et le mit à sécher dans sa poche. Il laissa flotter sa pagaie, mit ses bras derrière sa tête et se demanda à voix haute quelle force il faudrait pour assommer un phoque.

Il n'y a pas grand-chose qui vaille la peine de mourir, dit le vieil homme.

Quoi ?

Surtout pour un phoque, ajouta-t-il en riant.

Mais le gamin pensait qu'il ne parlait pas seulement des phoques, et tout à coup il éprouva de la colère et demanda avec ressentiment : Pourquoi êtes-vous venu ici ?

Oh ! en fait, je ne pense plus à ces choses.

Pourquoi ?

Parce que c'est plus facile.

J'aimerais assommer un phoque, dit le gamin.

Le soleil brillait d'un jaune dur, des roues de lumière tournoyaient au bord de l'eau. Le gamin frappa l'eau de sa pagaie, faisant légèrement avancer le bateau. Le vieil homme accepta sa colère et se consacra à l'effort nécessaire pour sortir de la crique. Le vent était dans leur dos et le bateau avançait vite. Ils l'amenèrent le long du promontoire puis l'engagèrent facilement dans le port, silencieux l'un et l'autre.

Quand ils atteignirent la jetée le gamin cracha dans l'eau puis mit le doigt à son nez et lâcha un jet de morve. Le vieil homme eut un petit rire.

Sur le quai la vieille femme leur demanda s'ils allaient bien. Ils hochèrent la tête et elle rit, dissipant la tension. Elle leur avait apporté des sandwiches aux crudités qu'elle brandissait, un sourire sur le visage.

Quand ils s'assirent au bord de la digue, elle mit un bras autour des épaules du gamin et lui dit qu'elle était contente que son mari ait un compagnon pour aller en mer.

Il a un nouveau bonheur, déclara la femme.

Le gamin la regarda, une mèche rebelle sur l'œil.

On n'a jamais eu d'enfants, dit-elle.

Le vieil homme toussa et lui lança un regard dur mais elle lui répondit simplement par un sourire.

Tu es bronzé, dit-elle au gamin, et il se toucha le visage comme s'il ne lui appartenait pas.

Ils l'emmenèrent chez eux et il fut surpris de leur pauvreté. Elle portait un tablier délavé et des pantoufles usées. Un vieux canapé laissait voir son rembourrage. Le long napperon à glands du piano était effrangé. Une cage vide pendait au plafond, et la lumière découpée par les lames des stores délabrés montrait que les murs avaient besoin d'être repeints.

La femme réchauffa une soupe au goût bizarre, et quand elle lui tendit le bol il remarqua que son haleine était chargée d'une odeur de lait aigre. Elle lui donna un pain rond avec un trou au milieu, comme un beignet. Elle appelait ça un *baronka* et dit que dans certains endroits on l'appelait un bagel. Elle l'avait cuit elle-même et il était frais dans sa bouche, et il se demanda quel jeu d'échecs il pourrait en faire. Il allongea les orteils vers la barre électrique devant la cheminée. Elle donnait une chaleur inégale. Deux chenets et un tisonnier étaient disposés à côté et il se demanda pourquoi ils n'allumaient pas un vrai feu. Lorsqu'il posa la question, le vieil homme dit qu'une famille de martinets vivait dans le conduit et qu'il ne voulait pas les enfumer. Quand lui et sa femme s'étaient installés, expliqua-t-il, il avait eu l'impression que le conduit chantait.

La soupe finie, la femme lui demanda s'il avait aimé le repas. Le pain était bon mais la soupe était la pire que le gamin eût goûtée de sa vie, pourtant il lui dit qu'elle était délicieuse, et elle lui sourit et se réfugia dans un vieux fauteuil tournant en chêne. Elle y pivotait en se fredonnant un petit air. Il remarqua que son tablier était usé aux coudes, mais qu'elle portait de beaux bracelets au poignet.

Il y eut un long silence entre eux, puis la femme se leva, prit la main du gamin et étudia le début du tatouage qu'il avait gravé dans son index. Elle dit rapidement quelque chose de guttural dans sa langue à son mari et toucha les cheveux du gamin.

Tu ne devrais pas faire ça, dit-elle.

Elle lui jeta un regard étrange et le vieil homme hocha la tête et déchira son pain entre ses dents. Le gamin pensa qu'il y avait un secret entre eux. Elle s'adossa dans son fauteuil, son esprit parut s'échapper. Le gamin examina des photos sur la cheminée et observa le mouvement du balancier d'une horloge ancienne.

Une forte sensation de vide lui envahit l'estomac. Il posa sa tasse à thé sur la table et demanda à être excusé. La vieille femme se leva et l'accompagna à la porte, lui prit la main, passa son doigt sur le tatouage inachevé et se pencha vers lui.

Je sais pour ton oncle, dit-elle. J'espère que tout ira bien.

Merci.

Quand tu grandiras, dit-elle, tu apprendras que la douleur n'est pas vraiment une surprise. Tu comprends ?

Je comprends, oui.

Il se détourna légèrement et elle l'embrassa sur la tempe.

Tu es un bon garçon, dit-elle.

Effrayé, il courut dans l'allée entre des roses épanouies, et quand il fut loin de la maison il frotta l'endroit où elle l'avait embrassé. Il était à la fois à l'intérieur et à l'extérieur de leur bonheur, se dit-il, comme s'il pouvait aller de l'un à l'autre, les aimer et les détester en quantités égales, une pagaie frappant l'eau de chaque côté.

Il passa la journée à marcher dans la ville et vola un journal plein de nouvelles, mais le nom de son oncle n'y était pas cité. Un éditorial disait que la grève de la faim était l'équivalent d'un homme qui a froid et qui s'immole par le feu pour se réchauffer. Il essaya de comprendre l'idée sans y parvenir, alors il brûla le journal près du mur derrière le terrain de handball et racla les braises du pied.

Les émeutes au pays s'étaient généralisées à présent. On avait tiré sur des gardiens de prison. Deux jeunes chauffards avaient été abattus à Twinbrook. Une jeune fille qui rapportait du lait à la maison avait été touchée à la tête par une balle en caoutchouc, elle était dans le coma. Quelqu'un avait égorgé tout un troupeau de bétail parce qu'il appartenait à un fermier catholique, et on avait aligné les bêtes pour former le mot NON dans le champ. Il essaya de l'imaginer, le bétail mort, bout à bout, les queues dans le sang de la gorge des autres.

Il se mit à penser à tout ça comme à une partie d'échecs et il était à l'avant, un petit pion qui bougeait, se dirigeant vers l'autre bout de l'échiquier, qui aurait pu être une digue ou la paroi d'une falaise ou toute autre partie de la ville.

La couture de sa chaussure gauche était défaite au talon, et quand il marchait elle s'ouvrait et se fermait en cadence. Dans la voiture abandonnée au-dessus de la crique il songea à briser la dernière vitre à coups de pied, mais au lieu de ça il s'allongea sur la banquette arrière et posa la tête contre le montant de la portière. Il se réveilla étonné de voir un cheval le fixer. Ses narines se dilatèrent, il secoua la tête, hennit, et s'éloigna au galop. Le gamin était sûr d'avoir vu l'esprit de son oncle et il revint en courant le long du promontoire pour faire irruption, hors d'haleine, dans la caravane. La porte claqua bruyamment. La radio était allumée. Sa mère leva les yeux de son carnet où elle écrivait des chansons et secoua simplement la tête pour dire non.

Cinquante-cinq 114,4 livres 52 kg exactement 10/4
(Je pense qu'il ne lui reste pas grand-chose.)

Le lendemain matin, elle était à la table, les jambes remontées sur la chaise. Elle lui avait fait des crêpes. Il remarqua que ses yeux étaient gonflés et qu'elle paraissait plus vieille qu'avant. Elle ne s'était pas teint les cheveux depuis deux mois et il y avait des touches de gris à ses tempes. Elle regardait par la fenêtre de la caravane.

Ça va aller, maman, dit-il.

Elle leva les yeux vers lui et sourit.

Ça va s'arranger.

Pardon ?

Ne t'inquiète pas, maman.

Elle dit que de plus en plus on aurait cru son père quand il parlait, il avait le même ton effronté.

Oh ! il faisait des choses stupides, dit-elle. Une fois il a bu une bouteille de coca entière en se tenant sur la tête. Et une autre fois il a fabriqué une table bancale, et il aimait y lire, tu imagines ? Tous les pieds étaient de longueur différente, et selon l'endroit où on appuyait elle bougeait comme un bateau sur la mer.

Pourquoi ?

Pour rire, dit-elle. C'était un vrai farceur. Il jouait toutes sortes de tours. Un jour il a mis de la colle sur une cuillère en bois et je ne pouvais pas la lâcher ; il trouvait ça désopilant.

Je ne suis pas farceur pourtant.

Oui, mais tu es un drôle de petiot.

Tu as dit *petiot* !

C'est vrai, oui.

Assis à table, ils coupaient les crêpes en morceaux de plus en plus petits.

Ta pauvre grand-mère, dit-elle soudain, ta pauvre, pauvre grand-mère.

Le gamin ne savait absolument pas quoi dire. Pour lui faire plaisir, il versa du sirop sur les crêpes et les mangea avec autant de gourmandise qu'il en était capable. Le sirop était trop sucré et il le fit passer avec de rapides gorgées de thé. Il crut un instant qu'il allait vomir.

Sa mère remonta ses jambes contre sa poitrine et son menton reposa sur ses genoux.

Qu'est-ce qu'on fait aujourd'hui ? demanda-t-elle.

On pourrait aller en stop faire des courses à Galway, dit-il.

Oui, on pourrait.

Ou on pourrait aller nager.

C'est une idée géniale, dit-elle. La meilleure idée de ta vie.

Elle le tira de sa chaise par la main, fourra leurs maillots de bain et deux serviettes dans un sac en plastique blanc. Elle ouvrit la porte de la caravane et au lieu d'aller vers la ville elle se dirigea vers l'est le long du promontoire, dépassa la Vauxhall abandonnée, bondissant sur une série de rochers. Elle lui tenait la main et riait, et quand ils arrivèrent près du rivage elle s'accroupit derrière un rocher géant pour mettre son maillot. Sa peau était pâle comme du suif contre le tissu noir.

Le dernier à l'eau est une grosse patate ! cria-t-elle en avançant prudemment sur les rochers pour entrer dans la mer.

Les vagues montaient vers elle et se brisaient à sa taille, elles lui semblaient comme des mains qui s'ouvraient. Elle pataugea jusqu'à ce que l'eau lui vienne au-dessus des seins puis plongea sous la surface. Elle reparut vingt mètres plus loin et lui fit un grand signe.

Il se cacha derrière un autre rocher pour enfiler son maillot. Elle traçait déjà une ligne bouillonnante quand il la suivit dans le V de plus en plus large de son sillage. Comme il nageait plus vite qu'elle, il la rattrapa et la dépassa. Elle fit du surplace et l'arrosa. Il l'arrosa aussi, et bientôt ils riaient tous les deux.

Il plongea et nagea sous l'eau, s'éloignant d'elle dans l'obscurité salée. Il chercha le kayak sur la mer mais il n'était nulle part.

Après avoir nagé un quart d'heure, ils remontèrent ensemble en haut de la colline, parlant d'une chanson qu'elle écrivait sur des mouettes et leur façon de piquer sur la nourriture. Elle la fredonna un peu et lui demanda ce qu'il pensait de la mélodie, et il dit qu'elle était magnifique. Elle expliqua qu'elle allait dédier la chanson à son oncle et le gamin lui passa le bras autour du cou. Il sentait ses doigts lui serrer l'épaule. Elle pencha la tête et s'appuya contre lui.

Tu deviens drôlement grand, dit-elle.

Il l'aida à remonter la colline, et en marchant avec elle il pensa que son enfance l'avait soudain quitté, qu'elle était tombée comme une peau dans la mer.

Il lui proposa une partie d'échecs, les règles du jeu étant qu'ils devaient manger chaque pièce quand elle était prise. En sept coups il perdit délibérément sa reine. Il alla au frigo prendre le beurre et un pot de confiture de fraises. Il en tartina les pièces pour elle et, cette fois, quand elle dit que c'était délicieux, il ne se fâcha pas, et à la fin toutes les pièces étaient mangées, sauf les rois et le pion de sa mère.

Pat, annonça-t-il.

Quand elle lui tapota la main, il la laissa faire.

Ce sera aujourd'hui ou demain, dit-elle.

Je sais.

C'est le pire, n'est-ce pas ? De savoir. À quel point c'est inévitable.

On ne sait jamais, maman.

C'est dur à croire, hein ?

Oui, c'est dur.

Tu sais quoi ? J'aimerais bien être seule une minute, mon lapin.

Oui, bien sûr.

Il fabriqua un autre jeu et descendit en ville où il frappa à la porte du vieil homme. Il avait oublié de demander au Lituanien s'il avait jamais joué aux échecs mais il était sûr que oui. Après avoir tapé six fois sur la porte il y donna un coup de pied, il n'y avait toujours personne. Il songea à essayer d'entrer pour voir s'il y avait des cigarettes qui traînaient, mais des pêcheurs se tenaient sur la digue et ils le regardaient.

Il fourra les mains dans ses poches et emporta les pièces d'échecs à travers la ville, ballottant dans un petit sac en plastique. Une idée lui vint et il se mit à poser des pièces isolées un peu partout – il laissa tomber une tour dans la boîte aux lettres, il mit un fou dans la boîte de dépôts de la banque, il aligna quatre pions le long du mur du terrain de handball, il laissa une reine sur la bascule devant la pharmacie, et il posa deux cavaliers sur les bittes d'amarrage. Il chercha le kayak sur l'eau mais il n'était nulle part. Comme il avait faim, il mangea les pièces restantes.

Quand le kayak fendit les eaux du port il fit semblant de ne pas le voir, il resta assis au bord de la digue les jambes pendantes.

Le vieil homme arriva derrière lui et dit : Hé, mon garçon.

Le gamin ne répondit pas.

Rasa se sentait bien aujourd'hui. Elle n'a pas été dans le bateau depuis si longtemps, on a pensé que ce serait bon pour elle de sortir au soleil.

Ouais.

Je suis désolé qu'on ne t'ait pas attendu.

Pas de problème.

J'espère que tu n'es pas fâché.

Non.

Tu aimerais de la soupe ?

Non.

Elle est mauvaise, hein ? Le vieil homme rit. C'est la pire cuisinière au monde. Tu sais, je l'ai épousée avant de connaître sa cuisine.

Le gamin se retourna et amorça un sourire.

On te voit demain ?

Oui.

Et ton oncle ?

Il va très bien.

Le Lituanien posa une main sur son épaule. Tu es fort, mon garçon.

Merci.

À demain ?

C'est ça, à demain.

Il regarda le vieil homme et sa femme porter le bateau à la maison et il entendit leurs voix étouffées résonner sous leur charge.

Il avait ramassé quelques mégots sur la digue et il les sortit de sa poche. L'un était marqué de rouge à lèvres, il le fuma avec un grand plaisir. Il se demanda si son oncle fumait encore à ce stade de la grève, le soixante et unième jour, puis il ferma les yeux sur une vision précise – son oncle sous une lumière fluorescente, allongé sur le dos, les yeux élargis, fixes, des infirmiers de la prison les lèvres serrées au-dessus de lui, des sacs à perfusion attendant comme un argument contre les derniers sacrements, pas de sensation dans les jambes, les bras, les doigts ni les orteils, les os terriblement proéminents sur le torse, le cœur battant sourdement contre la peau, le corps se nourrissant à présent des protéines du cerveau.

Le gamin essuya ses larmes et cria vers la mer, égrenant en un long chapelet tous les jurons qu'il connaissait. Derrière lui, il entendait sonner les cloches de l'église et il savait que sa mère serait inquiète, mais assis sur la digue il ne bougeait pas.

Elle vint juste avant le coucher du soleil et il l'observa dans la cabine. Elle hochait la tête aux nouvelles qui arrivaient sur la ligne. Il lui en voulait de porter cet étroit corsage rose fuchsia. Il était certain qu'elle serait fâchée contre lui d'être resté dehors toute la journée, mais quand elle posa le téléphone elle le rejoignit et s'assit à ses côtés en disant qu'il n'y avait pas de changement.

Aujourd'hui ou demain, dit-elle.

Elle employait le même ton que pour ses prières. Le gamin se souvenait de celle qu'elle récitait souvent, qui finissait par les mots *Après l'exil que nous vivons*.

Ils regardèrent le soleil disparaître à l'horizon. Il était d'un rouge somptueux et semblait se répandre généreusement dans le ciel. Les mouettes poussaient de minces cris laborieux en défilant bas au-dessus de la digue. L'eau grise clapotait contre la pierre. Le gamin pensa que tout, dans le monde, était porteur de solitude. Sa mère se tourna, lui prit un instant la main et lui demanda de rentrer sans faute avant la tombée de la nuit.

L'obscurité était complète et déjà deux étoiles s'étaient levées à l'est.

Il s'arrêta longtemps à côté du téléphone du quai. La sonnerie était haute et dure. Le combiné vibrait sur son socle. Il ouvrit la porte de la cabine et le vent agita les boucles du fil. Sa main hésita, puis il décida de ne pas répondre. On aurait cru que le téléphone lui-même pleurait. Bientôt sa mère descendrait de la caravane, elle l'entendrait et répondrait, et à ce moment il saurait. Il s'aperçut qu'il tremblait, et quand la sonnerie cessa il baissa le menton sur sa poitrine.

Il se glissa sur le côté de la maison, regarda par la fenêtre et vit le couple lituanien dormir, dos à dos.

Les cheveux de la femme étaient défaits, des mèches étaient tombées sur le visage de son mari. Le vieil homme paraissait gigantesque à côté d'elle.

Le gamin sentait encore son baiser de l'autre jour comme un stigmate. Son menton était froid contre la vitre. Il s'écarta de la fenêtre et fit le tour de la maison.

Le bateau était facile à manier sans les pagaies, il le souleva d'un seul bras par l'hiloire et négocia la courte allée, l'accrochant une fois à un rosier.

Avec sa nouvelle force il semblait léger.

Il traîna le kayak derrière lui sur la plage et resta longtemps à regarder la mer, les vagues phosphorescentes roulant comme des sœurs sur le sable. Il n'y avait pas de bateaux, la mer était d'un noir profond. Son cœur battait, la tête lui tournait. Il remonta la plage jusqu'à la bouée de sauvetage et appuya le kayak contre le poteau. Il planta la proue dans le sable puis se servit de la corde pour attacher le bateau au poteau. Ses doigts tremblaient mais il fit tout de même un nœud solide. Le kayak se dressait contre le poteau comme un homme difforme, une moucheture de fiente d'oiseau à la place de la bouche. Il s'assit et le fixa un moment, essayant de calmer ses mains.

Le téléphone sonna de nouveau au loin. Il se leva et marcha sur la plage, regardant le kayak par-dessus son épaule, jusqu'à ce qu'il trouve de grosses pierres à l'extrémité de la digue.

Il les traîna sur la plage et en fit un gros tas à ses pieds. Il souleva la première et sentit son corps frémir quand il la lança vers le kayak. Il fut surpris de l'arc qu'elle décrivit, étonné qu'il soit sorti de ses doigts. Elle frappa le bateau avec un bruit sourd, rebondit et souleva un plumet de sable en tombant. Il se mordit la lèvre et en lança une autre.

Un éclat de lune était accroché au ciel. Le vent était froid sur ses bras. Le bruit de la marée était incessant.

Il prit une plus grosse pierre et la jeta, et comme elle rebondissait de nouveau il maudit la résistance du kayak. Il s'en approcha et le martela à coups de pierre à un endroit jusqu'à ce qu'une minuscule fissure se dessine. Ratissant de nouveau la plage, il trouva des pierres encore plus grosses. Tout son corps tremblait à présent. Il était dans une rue. Il était à un enterrement. Il avait une bouteille de feu dans les mains. Il était dans une cellule. Il repoussait une assiette de son chevet.

Ce ne fut qu'avec la douzième pierre et après une longue sonnerie du téléphone qu'il vit enfin une déchirure en toile d'araignée apparaître dans la fibre de verre.

Envahi par une décharge d'adrénaline, il approcha du bateau. Il le frappa des poings jusqu'à ce que du sang perle aux jointures puis, reposant sa tête contre la fraîcheur du kayak, il pleura.

Quand ses sanglots s'apaisèrent il leva la tête, regarda par-dessus son épaule, vit la lumière de la maison des Lituaniens, la porte ouverte, le couple debout ensemble, les mains jointes, les yeux du vieil homme plissés, ceux de la femme larges et tendres.

Table

Ailleurs, en ce pays 11

Le bois 27

Une grève de la faim 47

Cet ouvrage a été imprimé par

FIRMIN DIDOT

GROUPE CPI

Mesnil-sur-l'Estrée

pour le compte des Éditions 10/18
en août 2003

Imprimé en France
Dépôt légal : septembre 2003
N° d'édition : 3512 – N° d'impression : 64860